COBALT-SERIES

ドM侍女と亡国の王子(笑)

不憫で自由な大団円!

秋杜フユ

集英社

Contents
目次

ドM侍女と亡国の王子(笑)
不憫で自由な大団円！

エミディオ

元祖・腹黒王子。
ますます
ビオレッタを溺愛中。

ビオレッタ

現在、懐妊中。
変わらず
神々しいほど美しい。

ベネディクト

エミディオの叔父、王弟。
相も変わらず間が悪い。

ディアナ

現在、懐妊中。
ベネディクトとメラニーの
愛を一身に受ける。

メラニー

猫的な雰囲気、燃えるような赤毛を持つ美女。
ティファンヌと共にヴォワールからやってきて
今は光の巫女ビオレッタの
護衛兼侍女を務めている。
辛辣で棒術をたしなむ最強の侍女。
ディアナを敬愛しており、
お姉さまと呼ぶ。

The Characters
登場人物紹介

ヒルベルト

光の巫女専属の護衛騎士、だが
何かと雑用を押し付けられがち。
ティファンヌとメラニーのことが大の苦手。
と同時に、何だか放っておけない
メラニーのことが気になり始めてもいる。
実は今はなき小国トゥルムの王子。

ティファンヌ

妄想力は増す一方。
今日も、せっせと妄想中……♥

他にも人気キャラが続々登場します！

イラスト／サカノ景子

ドM侍女と亡国の王子(笑)

不憫で自由な大団円!

第一章　亡国の王子に㊕がついてしまう日常。

人間誰しも、苦手なものがあるだろう。

アレサンドリ神国で光の巫女《みこ》の護衛騎士を務めるヒルベルトも、苦手なものがいくつかあった。

そのうちひとつが、

「見て、ヒルベルト。あのメイドさんのうれしそうな顔！　きっと執事長に褒《ほ》められたのよ。あぁっ、メイドに恋する騎士がその様子を見てる！　あのうちひしがれたような顔……メイドが爺専《じじせん》だってとうとう気づいちゃった感じ!?」

ヒルベルトの隣で、特注の持ち手付き眼鏡《めがね》片手に魂の叫びを上げるティファンヌである。

いや、彼女自身に苦手意識があるわけではない。彼女が口にする妄想に辟易《へきえき》しているのだ。

なにが楽しくて、物陰に隠れてのぞき見しながら、同僚をネタにした妄想を聞かされねばならないのか。というか、たくさんの騎士が警邏《けいら》する王城のなかで、誰に見とがめられることなく覗《のぞ》きを楽しむティファンヌには、護衛など必要ないと思う。ヒルベルトの上官であるレアンドロ直々に妻をよろしくと頼まれ（脅《おど》され）なければ、放置して本来の仕事に戻るというのに。

「……はっ、あれは！　同じメイドに恋する同僚騎士！　普段ふたりでメイドを取り合っているのに、落ち込む騎士のもとへ駆けより、なにやらひそひそと話し込んで……もしや、失恋した者同士、慰め合うてーきーな!?」

「やめろ馬鹿野郎！　俺の同僚をよこしまな目で見るんじゃありません！」

耐えきれず、ヒルベルトはティファンヌを注意した。上官の妻で、かつ彼女自身隣国ヴォワールの王族であるが、言葉遣いに構っている余裕はなかった。

ヒルベルトに注意されたことで我に返ったのだろう。ティファンヌは口元を手で押さえて肩をすくめた。

「ご、ごめんなさいね、ヒルベルト。ちょっと興奮しすぎて妄想が口からこぼれ落ちたみたい」

謝ってくるあたり、一応、自らの行動が一般常識からずれていることを自覚しているらしい。失礼な物言いに怒らず素直に反省するところが、いまいち憎みきれない要因だった。

これ見よがしに盛大なため息を漏《も》らしたヒルベルトは、チョコレート色の髪をかきながら視線をそらした。

「もういいです。とりあえず、いまはやるべきことをしましょう。なにか目的があって王城まで来られたんでしょう」

「あ、そうだった！」

指摘されてやっと思い出したのか、ティファンヌは声をあげる。どうせ彼女の目的など妄想のための覗きしかないのだが、一応確認しておこうとそらしていた視線を戻せば――

そこにティファンヌの姿はなかった。

「…………し、しまったあああぁぁぁっ！」

洗濯係《せんたく》のメイドがせっせと仕事をこなす物干し場に、ヒルベルトの悲痛な叫びが響き渡った。


ティファンヌの妄想の他に、ヒルベルトにはもうひとつ苦手なものがある。

「あらあら、また王女様を見失ったのですか。すぐ見失うとわかっていながら、どうして目を離してしまうのですか」

ぐうの音《ね》も出ない、とは、いまの状況をさすのだろう。ヒルベルトは苦々しい表情で込み上がるものをぐっとこらえた。

感情の乏《とぼ》しい淡々とした声でヒルベルトに容赦《ようしゃ》ないだめ出しをするのは、メラニー。陽の光を受けると炎のように輝く赤い髪と、猫に似たつり上がり気味のえんじ色の瞳を持つ美女だ。

ティファンヌがレアンドロのもとへ輿入《こしい》れする際、一緒にヴォワールからやってきた護衛兼侍女《じじょ》で、現在は光の巫女ビオレッタの護衛兼侍女を務めている。表情を変えることは滅多《めった》になく、王女であるティファンヌ相手でも慇懃無礼《いんぎんぶれい》にずばずばものを言った。

どうしてか、ティファンヌを探し回っているときに高確率で彼女と遭遇《そうぐう》する。ヒルベルトは彼女が大の苦手だった。

「メラニーさんこそ、ここでなにをなさっているのですか？」

メラニーと遭遇したのは、王城の中庭だった。あたりを窺《うかが》ってもビオレッタの姿は見えず、珍しくひとりきりである。

「王太子殿下に時間ができたそうなので、中庭でお茶をすることになりました。私はその準備をしています」

「ひとりで、ですか？」とヒルベルトが眉根《まゆね》を寄せた。あまり知られていないのだが、メラニーは絶望的な方向音痴《おんち》だ。広い王城をひとりで歩くなど冗談ではなく自殺行為である。

ヒルベルトの懸念《けねん》をきちんと把握《はあく》しているメラニーは、自らの進行方向を指さした。

「光の巫女様が、案内役として闇の精霊を授けてくださいました」

言われて指先を注視してみれば、手の平サイズの丸い影の塊《かたまり》を見つけた。本来なら光の巫女や一部の人間にしか見えない精霊をヒルベルトやメラニーが視認できるのは、ビオレッタが彼らに頼んだからだろう。

影はメラニーの指先でくるくると円を描いて飛び回った。任せろと言っているのかもしれない。

精霊が道案内しているなら大丈夫だ。彼らは自分たち人間よりもずっとたくさんのことを知っているから。

「精霊に頼めばティファンヌ様の居場所なんてすぐわかるんでしょうね」

思わずこぼしたヒルベルトを、メラニーは無表情のまま鼻で笑った。

「王女様の居場所など、わざわざ精霊の力を借りずともわかります」

顎《あご》をつんと持ち上げてそう宣言したかと思うと、どこからともなく一冊の本を取り出した。

「え、どこから出したんですか。手ぶらでしたよね」

「侍女の秘密です」

真顔で言い切られてしまい、ヒルベルトはそれ以上なにも聞けなかった。黙って本を受け取る。

メラニーが差しだしたのは、不定期に刊行される情報誌。王城や騎士の噂《うわさ》を集めた、いわゆるゴシップ誌だった。

「これは……」

「王女様の愛読書です」

予想通りの答えに、ヒルベルトは「でしょうね」と気のない返事を返す。

「ちなみに、ヒルベルトのこともかいてあります」

「はぁっ!?　え、ちょ、俺のなにを書いてあるんですか!?」

先ほどまでの無関心が嘘のように声をあげ、雑誌のページをめくる。乙女《おとめ》の注目を集める騎士の日常をのぞき見よう的な、取材対象となっているヒルベルトからすれば放っておいてくれよと言いたくなるような特集記事にそれはあった。

『光の巫女様付きの近衛《このえ》騎士、ヒルベルト様に恋人疑惑浮上!?

王都のアルメ地区にてヒルベルト様の目撃証言が多数上がっている。アルメ地区は生活に困《こん》窮《きゅう》する人々が暮らす地域であるため、身体《からだ》を売る女性も多数おり、それを目的として男性が通うことはままあった。

しかし、ヒルベルト様が所属する光の巫女様付き近衛騎士隊は、潔癖《けっぺき》で知られるレアンドロ様が隊長を務めるがゆえに、女性との不誠実な関係は倦厭《けんえん》されている。となると、本命女性との逢《あ》い引《び》きの可能性が非情に高い。

ヒルベルト様が通い詰める相手はいったいどんな女性なのか!?　続報をお待ちください！』

「なんっっっっだこれは！」

「あなたの熱愛疑惑報道です。で、本当のところどうなんですか？」

ずいっと身を寄せたメラニーが、ヒルベルトの右耳に口元を寄せてささやく。なんだかぞわぞわしてきたヒルベルトが避けるように左側へ身を寄せると――

「で、どうなのヒルベルト。アルメ地区にいい人が待っているの？」

「うわあああああっ！」

左耳に、第三者のささやきが降りた。

悲鳴を上げて跳び退ると、いつのまに現れたのか、ティファンヌが立っていた。

「ティ、ティ、ティ、ティファンヌ様！　いい、いつのまに！　っていうか、どこにいたんですか!?」

「どこって、観察対象を追いかけていただけよ。でも、途中でヒルベルトを置いてきたことに気づいて戻ってきたの」

「ついこの間まで集中すると周りが一切見えなかったというのに……戻ってくるだなんて、成長しましたね、王女様」

「いやいやいや、それ全然褒められたことじゃありませんから！　そもそも護衛を置いていくことからしてどうかと思うんですけど!?」

わざとらしく目元をぬぐって感慨《かんがい》にふけるメラニーへ、ヒルベルトがたまらずつっこみをいれる。それを、ティファンヌが「そんなことより！」と一蹴《いっしゅう》した。

「いったい誰に会うためにアルメ地区へ通っているの!?　白状なさい、ヒルベルト！」

鼻息荒く身を乗り出してくるティファンヌへ、ヒルベルトは「誰だっていいでしょう」と嘆《たん》息《そく》した。途端、ふたりの目が輝く。

「あえて濁《にご》すあたりがますます怪しいわ！」

「私どもに言えないだなんて、もしや、片思いの相手なのでしょうか」

「周りの人達に秘密で、ひとり温めてきた大切な想い……てーきーな!?」

「やめろぉ！　妄想は対象者にばれないようこっそり行うものなんじゃなかったのか！」

ヒルベルトの指摘を受けて、ティファンヌは「あら、そうだったわ」と口元に手を添えた。どう考えても反省していなかった。

「いいですか、俺がアルメ地区へ定期的に赴《おもむ》いているのは、古くからの友人がそこにいるからです」

「ちなみに、その方の性別は……」

「男性です」

メラニーの問いに間髪《かんはつ》をいれずに答えたヒルベルトは、これでもう妄想の余地はないだろうと胸を張る。しかし、「まさか……」とつぶやいたティファンヌが口元を押さえてもだえだした。

「長い友情はいつしか、禁断の愛に変わ――」

「いい加減にしろおおおぉぉぉっ！」

ティファンヌの妄想を打ち消す勢いで、ヒルベルトの叫びが城内にこだましたのだった。

「もういやだ！　どうして俺があの人の護衛をしなくちゃならないんだ！　つーかあれだけ城内を自由に闊歩《かっぽ》できる猛者《もさ》に危害を加えられる人間なんていないっつーの！」

アルメ地区のとある酒場で、酔っ払ったヒルベルトが盛大に愚痴《ぐち》をこぼし、木製のジョッキを机にたたきつけた。

狭い空間に客を詰めるだけ詰め込もうとする酒場は、昼も夜も関係なく人であふれかえっていて非常に騒がしい。大声で愚痴を語ったところで聞かれる心配などない。

テーブルに額を打ち付ける勢いで突っ伏すと、後頭部に誰かの手が載った。

「まぁまぁ、ヒルベルト。そうカッカしないで」

そう言って、ヒルベルトのチョコレート色の髪を撫《な》でたのは、オーベール。白髪が目立つ、淡い栗色の髪を短く切りそろえ、深い土色の瞳を細めて柔らかく微笑《ほほえ》む彼こそが、ヒルベルトがアルメ地区へ通って会っていた相手だった。

「それにしても、ヒルベルトも丸くなったよね。アレサンドリへ逃れてきた頃だったら、ヴォワールの王女様と仲良くじゃれ合うなんて不可能だったよ」

まさにオーベールの言うとおりで、顔を上げたヒルベルトはばつの悪さから視線をそらした。

「お前の言うことは正しかったよ。復讐《ふくしゅう》したところで、むなしいだけだって。とは言っても、そう思えるようになるまで、ずいぶんと時間が掛かったけどな。そのせいで、ティファンヌ様にはいろいろと迷惑もかけちまったし」

ヒルベルトはもともとアレサンドリの人間ではない。隣国ヴォワールが十年ほど前に滅ぼしたトゥルムという国の生き残りである。

トゥルムの王子だったヒルベルトは、たくさんの命の犠牲《ぎせい》によりアレサンドリへ落ち延びた。オーベールも一緒に逃げてきた仲間で、乳兄弟《ちきょうだい》でもある。

アレサンドリ王家に保護されたヒルベルトは、ヴォワールへの復讐を誓い、この国の騎士となった。自分を守ってアレサンドリまでやってきた護衛たちもその意志に従ったが、オーベールだけは反対した。

『復讐をしたところで、死んだ人間は還《かえ》らない』

憎しみにとらわれるヒルベルトへ毅然《きぜん》とした態度で言い切ると、ひとりアルメ地区で暮らし始めた。貧困にあえぐ人々へ手をさしのべる医者として。

だが、道を違《たが》えたからといって仲間とオーベールの絆《きずな》が消えることはなく、彼の活動を支える寄付をするなど、交流は続いている。ヒルベルトも定期的にオーベールのもとを訪れては他愛《たわい》のないことを語り合っていた。

「一番の慰めは時の流れだ、なんて言うけどさ、死んだ人間が還らないのと同じように、どれだけ時間が流れても恨み辛《つら》みは消えないんだよ。でも、あの日の激情と距離を置くことはできる」

どこを見るでもなく、ただ前を向いてヒルベルトは語る。

「ヴォワールへの恨みは一生消えないだろう。あの日の苦しさも、悔《くや》しさも、昨日のことのように肌に染みついている。でも、それを心の中心に置くことは、もうしない」

小さくなることも、弱まることもない憎しみは、ただ少し、中心からずらして。切り離すことなど絶対にできないから、限りなく中心に近い、背中合わせの場所に。

「ま、オーベールからすればやっとそう考えられるようになったか、って感じだろうけどな」

両眉を上げて苦々しく笑うヒルベルトへ、オーベールは儚《はかな》く笑って首を横に振った。

「そんなことないよ。憎しみと向き合って折り合いをつけたヒルベルトは、強いと思う。さすが、トゥルムの王だ」

「やめろよ……もうトゥルムはない」

「なくても、俺たちにとって、ヒルベルトは仕えるべき王族なんだよ。一緒にアレサンドリの騎士になったみんなも、ヒルベルトを守りたいからついていったんだ。アレサンドリ王家に忠誠を誓ったわけじゃない」

「保護してくれたアレサンドリには申し訳ないけどね」と肩をすくめて、オーベールはジョッキをあおった。

「……そういえば、ヴォワールへの食糧支援、打ち切りになったそうだね」

声量をわずかに落としたオーベールの言葉に、ジョッキを口元へ持ってきていたヒルベルトは、そのまま黙ってうなずいた。

三年前、ティファンヌが人質としてアレサンドリへ輿入《こしい》れすることで、ヴォワールへの食糧支援が始まった。しかし、ヴォワール側が受け取った食糧を換金して武器購入していたことが分かり、打ち切りとなったのだ。

「どうして打ち切りになったのか知らないけれど、どうせろくなことはしていないよね」

いびつに笑って、オーベールは吐き捨てた。

ただひとり復讐に走らなかったとはいえ、ヴォワールへの恨みがないわけではない。むしろ、ヒルベルトたちのように復讐だなんだと騒いで発散できなかった分、彼の胸中の憎しみはどろりと色濃く固まっていることだろう。

「人質となっている王女はどうなるの？　あの国へ帰すの？」

野菜のオイル焼きに手を伸ばしていたヒルベルトは、視線をオーベールへ向けた。

自分や一緒に騎士になった仲間と違い、オーベールにティファンヌとの接点はない。彼女の今後を気遣うとは意外だった。

「詳しいことはわからないが……ただ、王女夫妻は傍《はた》から見ている方がつらくなるほど仲睦《なかむつ》まじいから、残るんじゃないか？　あの国へ帰っても、不幸になるだけだ。下手《へた》をすると、食糧支援打ち切りの責任をとらされて処刑……なんていう可能性もある」

そもそも、ティファンヌが輿入れしてきたのも人質というより捨て駒《ごま》の意味が強いように感じた。彼女の高い諜報能力《ちょうほう》を買ってアレサンドリの情報収集を命じたのだろうが、いくらなんでも無謀《むぼう》すぎる。死んでこいと言っているようなものだ。

ヒルベルトの故郷を無残に踏みにじった彼《か》の国は、内側の人間に対しても理不尽を強要するような国だった。王女であるはずのティファンヌでさえ例外ではなく、生まれついて病弱だったがゆえに家族から顧《かえり》みてすらもらえなかった。

厳しいだけの世界で、ティファンヌは自らの命を守るために戦い、自分だけの強さを身に着けていった。すべては、自由と、権利と、そしてなにより、自分自身を認めてもらいたい一心だったというのに——他ならぬ父親が、すべてを台無しにした。

『ごめんなさい、ごめんなさいっ、お姉さま！』

床に額《ぬか》ずいて泣き縋《すが》るティファンヌの声が、いまでもヒルベルトの耳にこびりついている。

「……心配しなくても、あの国は近いうちに崩壊するよ」

掛けられた声ではっと我に返ったヒルベルトが、いつの間にかうつむいていた顔を上げた。ジョッキを置いたオーベールが腸詰肉《ちょうづめにく》にかじりつくのを見て、ほっと息を吐く。

「そうだな……食糧支援がなくなれば、国という体裁《ていさい》を保っていることさえ厳しくなるだろう」

ただ、八方塞《ふさ》がりとなったヴォワールが暴走してさらなる侵略を開始するかもしれない。そのための武器も、十分ではないとはいえ手に入れてしまっている。

そんなことにならないよう、アレサンドリはヴォワールと隣接する国々と連絡を密にとり、厳しい監視体制をとるとエミディオが話していた。その言葉を信じて、ヒルベルトは日々職務を全《まっと》うするだけだ。

「いざというときは、俺もアレサンドリの騎士として戦場に立つことになるだろう」

ヒルベルトにとって、アレサンドリは第二の故郷だ。ひたすらに優しいこの国の人々を、トゥルムのように蹂躙《じゅうりん》させはしない。

「だったら、俺も一緒に戦うよ。なんてったって俺は、ヒルベルトの護衛だからね」

アレサンドリで道を分かつまで、オーベールはヒルベルトとともにトゥルムを駆けまわっていた。彼以上に信頼して背中を預けられる人はいない。ふたり一緒なら、どんな危機的状況でも生き残れることだろう。

そう確信しながら、ヒルベルトはにやりと口の端を持ち上げた。

「十年も剣を握っていないやつがなに言ってんだ」

虚をつかれた顔をしたオーベールは、眉間《みけん》にしわを寄せて笑った。

「心配ないよ。そばを離れてからも鍛練は忘れていないから。じゃないと、ここでは危なくて生きていけない」

アルメ地区は貧しい人々が雑多に寄り集まる場所だ。人の出入りが激しく、身元不詳な人間も珍しくない。治安維持のための兵士はいるにはいるが、目まぐるしく変化する街を持て余しているのが現実だった。

国の手が届かない場所でものを言うのは、強さ。奇《く》しくも、ヴォワールと同じ原理がまかり通っていた。

ただ、そんな場所だからこそ、トゥルムから逃げ延びたオーベールが医者として生きていけるし、正攻法では手に入らないモノが手に入れられたりする。

「それもそうだな」とヒルベルトが納得すると、オーベールは「だろう?」と斜めに見下ろして笑う。

得意げな顔がなんだかおもしろくて、ヒルベルトは声をあげて笑った。


オーベールと別れたヒルベルトは、王都に構える自分の家へは向かわず、王城の騎士寮へと向かった。旧友と酒を飲むことはとても楽しいけれど、同時にいまはなき故郷のことを鮮やかに思いだしてしまう。こういう時にひとりになるとぐるぐると考え込んでしまい眠れなくなるから、兵舎の大部屋で雑魚寝《ざこね》するのが一番だ。

酔いがまわってふわふわと軽い足取りで門をくぐる。ほのかに顔を赤くするヒルベルトを見て、門番の騎士が呆《あき》れていたが気にも留めなかった。

騎士棟内に入ったところで、ふと立ち止まる。このまま兵舎の大部屋に向かえばいいものを、気まぐれに鍛練場へと足を向けた。

満月が夜空の中心で輝く夜の鍛練場は、当然のことながら誰の姿もなかった。高い壁に囲まれた吹き抜けの空《から》っぽな空間で、ヒルベルトは壁に立てかけられた模造剣をとった。

壁から少し離れ、剣を構える。横に払えば、風をきる音が耳に届いた。身体《からだ》が自然に動くまま剣を振り回し、心地よい音を幾度も響かせる。

しばらく動き回って少し汗ばんできたころ、ヒルベルトは剣を下ろした。すると、どこからか拍手が聞こえてきて、視線を巡らせれば、鍛練場の出入り口にメラニーの姿を見つけた。

「え、メラニーさん？　どうしてここにいるんですか？」

「愚問《ぐもん》です。巫女様の護衛以外にどんな理由が？」

相変わらずの無表情で即答され、ヒルベルトは口をへの字に曲げた。

「巫女様の姿はここにありませんよ。それに、今夜の巫女様にはとくに予定はなかったはずです」

もしもビオレッタに夜会や式典の出席予定があれば、彼女の護衛騎士であるヒルベルトも任務に就《つ》いていたはずだ。

ヒルベルトの主張に一理ありと思ったのか、メラニーは「それもそうですね」と平坦な声でうなずいた。

「今夜は王太子殿下に夜会参加の予定があったのです。ひとりで部屋で過ごす巫女様の話し相手として傍に残っていたのですが、酔っぱらったあなたがここにいるから、水を運んでほしいと頼まれました」

よくよく見てみると、メラニーは水差しとグラスを載せたトレーを持っていた。

「……相変わらず、巫女様はいろんなことをご存知ですね」

光の巫女と王太子妃を兼務するビオレッタは、幼いころから精霊をその目に映し、さらに彼らの声を聞くことができた。世界中のいたるところに存在するという精霊は、すべての個体で情報を共有しているそうだ。そんな彼らと意思疎通《そつう》ができるビオレッタなら、ヒルベルトがどこにいるかなど簡単に把握《はあく》できるだろう。

壁際に設置された小さなテーブルにトレーを置いたメラニーは、グラスに水を注いでこちらまで歩いてきた。差し出されたグラスを素直に受け取り、ヒルベルトは口元へ持って行く。酒を飲んだうえ軽い運動をしたからか、口内に流し込んだ水が喉《のど》の奥に染み渡るような気がした。

「正直、助かりました。でも、よくひとりでここまでたどり着けましたね」

「巫女様が、光の精霊を授けてくださいました」

「光の精霊をですか?」

ヒルベルトは目を丸くした。光の精霊はその名の通り、光を好む存在だ。陽が落ちると同時に眠りについてしまう。つまり、いまの時間、彼らは熟睡しているはずなのだ。力を借りるには、それ相応の対価を払わねばならない。

「光の精霊が自主的に力を貸してくれているそうです」

「え、てことは対価ナシってことですか？」

メラニーは黙ってうなずいた。詳しい説明などできないということだろう。精霊の考えなんてヒルベルトにも全《まった》くわからないので、もう追及しなかった。

残る水を飲み干し、空《から》になったグラスを返す。その時、思いついた。

「メラニーさん、せっかくなので手合わせしませんか？」

グラスを預かったメラニーは、じっとヒルベルトの顔を見てから言った。

「酔ってますね」

「別にいいじゃないですか。俺もそれなりに戦えるっていうこと、証明させてくださいよ」

メラニーはなにか言いかけたものの、あきらめたのかため息とともに頭を振った。手に持つグラスをテーブルに戻し、腰に巻くエプロンの下に両手を突っこむ。出てきた両手には、それぞれ金属製の棒をつかんでいた。これこそが、メラニーが常日頃携帯している武器で、二本をネジの要領でくっつければ立派な棍棒《こんぼう》が出来上がった。

「酔っ払いになにを言っても無駄でしょうから、お相手してあげます。かかってきなさい」

彼女の身長ほどある棍棒を頭上でくるくると回し、勢いよく振り下ろして構える。

ヒルベルトは「そう来なくっちゃ」と笑って剣を構え、間合いを測るのもそこそこに突っ込んだ。斜めに振り下ろした剣は棍棒ではじかれ、すぐさま横に薙《な》ぎ払っても棍棒で受け流されてしまう。数度斬《き》りかかったもののすべてしなやかな動きでかわされ、最後は受け止めた剣を絡めとるように棍棒を回転させ、ヒルベルトの手から武器を奪い去ってしまった。

「ここまでです」

淡々と告げて、棍棒の切っ先を眼前に突きつける。ヒルベルトがあきらめて嘆息すれば、横っ面《つら》に容赦《ようしゃ》なく打ちこまれた。

軽く横へ吹っ飛んだヒルベルトは、受け身も取れずに地面を転がった。

「……いっ、てぇ……。なにするんですか、メラニーさん」

殴《なぐ》られた頬《ほお》を手で押さえ、なんとか身を起こす。恨めしそうににらみ上げれば、対するメラニーは鼻で笑った。

「もともと勝ち目などないくせに、酔いに任せてつっこんでくるからです。そのくせ、さっさとあきらめてしまうだなんて、情けないにもほどがあります。活《かつ》を入れさせてもらいました」

活ってなんだよ――と思ったが、ヒルベルトが勢いだけで剣を振り回していたのは事実なのでなにも言えなかった。ふてくされた顔で押し黙っていると、メラニーはまた鼻で笑った。

「今度は酔いがさめたときにでも、手合わせしましょう」

グラスと水差しを載せたトレーを持ち、背を向ける。

「自暴自棄《じぼうじき》に剣を振り回すなんて、似合いませんよ」

つぶやくような言葉は、静かな鍛練場の中でしっかりとヒルベルトの耳に届いた。答えを求めていなかったのか、メラニーはさっさと歩きだしてしまう。

暗闇の向こうに消えていく背中を呆然《ぼうぜん》と見送ったヒルベルトは、糸が切れたように後ろへ倒れ込んだ。視界に映るのは、高い壁によって四角く切りとられた夜空。

自暴自棄になったつもりはない。だが、ひと振りひと振りを大切にしなかったのは本当だ。打ち合いをもちかけたのも、ただの八つ当たりだった。彼女がヴォワールからやってきた人だからと、剣を向けたかっただけ。そのくせ、勝負がつくなりさっさとあきらめた。

自分の力では、やはりヴォワールに勝てないのだ——と。

「……もうやだあの人。どうしてわかっちまうんだよ。だから苦手なんだっての」

チョコレート色の髪を両手でかき乱しながら、悶《もだ》える。

見上げた夜空は故郷と違い、星が少なかった。

「まぁーた、面倒なことを……」

アレサンドリ城内にしつらえられたレアンドロの執務室にて、ヒルベルトはこらえきれずぼやいた。

べっ甲に似た深みある黄色の瞳をすがめて見つめるのは、とある書類。部下を集めたレアンドロが、まわして読むようにと言って渡したその書類には、こう書いてあった。

『ルビーニ家主催　魔術師技能披露会』

光の神の末裔《まつえい》を王族に持つ国、アレサンドリ神国には、古くから闇の精霊を尊《とうと》ぶ魔術師と呼ばれる存在がいた。闇の精霊を尊ぶからといって光の神を冒瀆《ぼうとく》するわけではなく、むしろ一般市民よりも敬虔《けいけん》に光の神を崇拝《すうはい》しながら、薬師《くすし》としてひっそりと生きてきた。

そう、薬師。このたび披露するのは、薬師としての技能、すなわち調薬技能である。

光の巫女ビオレッタの生家であり、有名な魔術師一族でもあるルビーニ家。一族以外にも広く門戸を開いて弟子を受け入れているルビーニ家は、ビオレッタが光の巫女になり、民衆が魔術師に対して興味を持つようになったこの機会に、普段ひきこもって調合ばかりしている魔術師たちと街の人間の交流を図ろうと言い出した。魔術師の仕事というものを知ってもらい、周辺住民との相互理解と新たな人材発掘ができたらなおよし、ということらしい。

さらに、魔術師自身も互いの技術を見せ合うことで意欲向上が見込める、まさに一石何鳥というもくろみだった。

優秀者には強制運動の免除券が与えられるそうで、券一枚につき一回免除となり、最優秀に輝けば免除券が十枚与えられる。ただし、連続使用は二枚まで、とのこと。

使用方法を細かく定めてある免除券なるものも気になるのだが、それ以上に見過ごせないことがあった。

「このたび開催される魔術師技能披露会には、光の巫女様も参加される。よって、我ら巫女様付き近衛騎士隊は巫女様の護衛および大会の秩序《ちつじょ》維持を担《にな》うものとする」

光の巫女付き近衛騎士隊隊長レアンドロが告げたように、今回の技能披露会には、ビオレッタも参加することとなっていた。

民衆が魔術師に興味を持ったきっかけがビオレッタなのだから、披露会に彼女が出ればさぞ魔術師のイメージアップに繋《つな》がるだろう。

それはわかる。わかるけども――

「あの、レアンドロ様。光の巫女様の披露会参加を見送ることはできないのでしょうか？　現在ご懐妊《かいにん》中の巫女様に、余計な負担はかけるべきではないかと」

ひととおり目を通したヒルベルトが、後ろに並ぶ同僚へ書類をまわしつつ懸念《けねん》を口にする。

無駄だろうなと思っていたが、やはりレアンドロは首を横に振った。

「このたびの披露会参加は、巫女様が望んでのこと。巫女様の願いに我々が口を挟むなど、天地がひっくり返ってもありえない」

ですよねー。と、ヒルベルトは胸中でぼやいた。

さすがルビーニ家の魔術師というべきか、ビオレッタも自他共に認めるひきこもりだった。光の巫女に選定されてからもう結構な年月が経つというのに、いまだ公務で人前に立つときは数日前から情緒《じょうちょ》不安定になる。

そんな彼女が、義務でもないのに人前に立つだなんて、自ら強く願わない限りありえなかった。

「ちなみに……王太子殿下はこのことについて、なんと？」

「もちろん、当日披露会にて巫女様の勇姿を観覧するとおっしゃっている」

だろうと思いましたー。と、口に出すのを必死にこらえ、ヒルベルトは静かに頭を抱えた。

王太子エミディオは妻ビオレッタをそれはもう溺愛《できあい》していた。彼にとっての最優先事項はビオレッタである、といっても過言ではない。

しかもここ最近、妊娠《にんしん》してからというもの、ビオレッタはひどいつわりに悩まされ、光の巫女として祝福を授けるとき以外はベッドの住人となっていた。そんな彼女が、久方ぶりに自分から外へ出たいと言い出したのだ。エミディオが否《いな》というはずがなかった。

だがしかし、冷静に考えてみてほしい。

ビオレッタは光の巫女と王太子妃を兼務しているだけでなく、護衛の騎士さえも理性をとばして誘拐犯《ゆうかいはん》になってしまうほどの絶世の美女である。

そんな彼女が、狭い教会内で限られた人々と面会する祝福でも、厳重な警備と十分な距離を保った上で国民の前に立つ公務でもなく、不特定多数が集まる披露会にいち魔術師として参加するなんて。

ビオレッタの美貌《びぼう》に目がくらんだ見物客が誘拐犯に変わるだけでなく、彼女を取り合って大乱闘という可能性も十分あった。

これだけの危険から、ヒルベルトたち光の巫女付き近衛騎士は彼女を守り通さねばならないというのに、残念ながら、彼女の近くで正気を保っていられる騎士は限られていた。レアンドロの部隊でも、精鋭と呼ばれる者のみである。

ごくごく限られた人数で身重のビオレッタを守り切るには、綿密な段取りと蟻《あり》一匹見逃さない集中力を必要とするだろう。

考えるだけでもめまいがしてくるというのに、ヒルベルトの目の前に立つ上官レアンドロは、危機感が足りない王太子夫妻に苦言を呈しにいくでもなく、握りしめた拳《こぶし》を掲《かか》げた。

「光の巫女様が自分から城を出ると言い出したのは、三ヶ月ぶりである！　我らが敬愛する光の巫女様が健《すこ》やかに、且《か》つ心穏やかに過ごしていただけるよう、我々は全力でお守りするのみ！」

どうやら、ビオレッタの久方ぶりの自主外出を喜んでいたのはエミディオだけではなかったらしい。レアンドロは鼻息荒く宣言した。

わかっていたさ。と、ヒルベルトはどこでもない遠くを眺めて乾いた笑いを漏《も》らす。

上官の熱意に感化されたのか、同僚たちも拳を掲げて気合いの咆哮《ほうこう》を上げた。その様子を見ながら、今日もアレサンドリ神国は平和だなぁと、ヒルベルトはしみじみ思った。

ヒルベルトが暮らしたトゥルムという国は、四方を高い山に囲まれ、外界と隔絶《かくぜつ》されていたがゆえに国となってしまった小さな都市国家だった。

王家がやるべきことは治安維持で、国を横断するように通る一本の街道を中心に点在する村々を、山賊《さんぞく》や害獣から守ることが主な仕事だった。

国内の村から要請があるたびに、オーベールをはじめとした護衛たちと一緒に馬に乗って駆けつける。

山賊を討伐《とうばつ》することもあれば害獣対策のために大工仕事をしたり、行商に向かう隊商の護衛を行ったり。城にいる時間の方が少ない、おおよそ一国の王子とは言いがたい生活をしていたけれど、のどかで自由な日々を、ヒルベルトは気に入っていた。

だから、

光の巫女付きの近衛騎士として、ひしめき合うほど集まった民衆の前に立つたび、思う。

ずいぶんと、遠くまで来たものだ――と。

魔術師技能披露会当日。会場であるルビーニ家前庭には、予想通りあふれかえるほどの観客が集まった。

魔術師が調合を行う舞台を中心に、四角く観客席が広がり、そのうち一辺が王族と貴族のみが立ち入れる区画となっていた。

そこには妻の勇姿を見ようとやってきた王太子と、彼らと親交の深い王弟夫妻、さらに最近電撃結婚した第二王子夫妻の姿まであった。

王太子と王弟、第二王子の三人はアレサンドリ王家の特徴である白金の髪と紫の瞳を持つ見《み》目麗《うるわ》しい男性で、三人が揃《そろ》う様子はまさに壮観の一言である。

「……と、私は思うのだけど、ヒルベルトはどうかしら!?」

「あの三人がおっそろしいほど美しいのは認めましょう。ですが、どうして貴族席ではなく向かいの一般席から観察しているんでしょうかね」

力ないヒルベルトの問いに、

「そんなの愚問《ぐもん》よ。こちらの方が見易いから！」

ティファンヌは、眼鏡《めがね》片手に答えた。

あれほど気合い十分に準備して迎えた披露会だというのに、当日になって、レアンドロはヒルベルトに命じたのだ。

妻、ティファンヌの護衛を。

聞かされた瞬間、ヒルベルトが「ふぁっ!?」と声を漏らしてしまったのは致し方ないと思う。

レアンドロには厳しい視線を向けられてしまったけれど。

ただ、この展開をまったく予想しなかったわけでもない。というのも、ビオレッタの警護を厚くせねばならない状況で、なぜかヒルベルトだけ会場案内係にまわされていたからだ。

それを確認した瞬間、ヒルベルトだけでなく、同じ部隊の騎士全員がティファンヌの来場を確信した。

にもかかわらず驚いてしまったのは、当日の朝、最後の打ち合わせの段階で指示されたからである。

「というか、ティファンヌ様はどうしてもっと早く来場すると決心しなかったのですか。これだけきらきらしい人達が集まる披露会に参加しないなんて選択肢《し》、あなたにあるはずがないでしょう」

妻を溺愛《できあい》する砂糖の騎士レアンドロには口が裂けても言えない疑問を、ご本人ティファンヌへぶつける。振り向いた彼女は口元をひきつらせて視線をそらした。

「いや、その……なかなか覚悟が決まらなかったというか……」

「覚悟？」

「な、なんでもありません！　ヒルベルトを振り回したことは申し訳ないけど……とにかく、ヒルベルトには迷惑かけないって誓うから、いまはそうっとしておいて」

いまいち要領を得ない答えだったが、迷惑をかけないとはつまりひとりでいなくなったりしないということだろう。今日のような人でごった返す場所でいなくなられては事なので、ヒルベルトは追及することをやめた。

わっと歓声が上がったため、ヒルベルトとティファンヌが舞台へ視線を戻した。魔術師がかき混ぜていた鍋《なべ》から火柱が上がっている。ずいぶん派手な見世物《みせもの》だと思ったら、魔術師も慌てふためいてた。どうやら事故だったようで、ルビーニ家の長男コンラードが巨大な岩で鍋《なべ》にふたをするという離れ業《わざ》で消火した。

「……コンラード様って、何者なの？　自分の上半身はある岩を軽々と持ち上げるなんて……」

「ティファンヌ様の疑問は尤《もっと》もだと思います。が、残念なことにこのルビーニ家にはあれくらいの大岩を持ち上げる人間があとふたりいます」

信じられないという顔で見返してくるティファンヌへ、ヒルベルトは神妙な面持《おもも》ちでうなずく。

恐ろしい話だが、残りのふたりは騎士でも傭兵《ようへい》でもなく、ただの庭師だった。ルビーニ家が所有する植物たちの世話を一手に引き受ける庭師の老人とその孫だ。

今回の会場となったこの前庭も、元々は来客を出迎える美しい庭園や薬の材料となる薬草を育てる畑が広がっていた。それをここ数日の間に更地《さらち》に変えたのは、ふたりの庭師である。

打ち合わせのためにヒルベルトは何度かルビーニ家を訪れたのだが、日に日に庭の木々が数を減らし、温かな土がこんもりと盛ってあった畑は芝生《しばふ》広場となり、鳥が優雅に休む池は跡形もなく消え去っていった。

「……ちなみに、消えた木々や畑はどこに？」

「俺が知るはずがないでしょう。ただ、一時的に移動させたとベアトリス様がおっしゃってました」

ベアトリスとは、ルビーニ家当主エイブラハムの妻である。研究バカな魔術師たちに代わり、ルビーニ家の外交を一手に引き受ける女傑《じょけつ》だった。

「移動させたって……そんなことをしたら、弱るんじゃないの？　最悪、枯れない？」

「俺もそう思うんですけどね。植物を大切にするルビーニ家が、そんな無体を働くとは思えないんですよ」

「……つまり？」

「移動した植物たちは、たぶん元気なままです。そして披露会が終わったら、何事もなかったかのように元の場所に戻されます」

「どうしよう……根拠のない説得力がありすぎる！」

頭を抱えるティファンヌへ、ヒルベルトはさもありなんとうなずいたのだった。

「あれ？」

ヒルベルトがそれに気づいたのは、まもなく披露会のトリとしてルビーニ家の三兄妹が舞台に立つ、というときだった。

警戒のため泳がせていた視界に、鮮やかな赤が飛び込んだ。まさかと思い視線を合わせれば、メラニーの後ろ姿を見つけた。

ついこの間の失態を思いだすと、しばらく顔を合わせたくないというのが正直な気持ちなのだが、そうも言っていられない。ヒルベルトは覚悟を決めた。

「ティファンヌ様、メラニーさんが一般観客席にいます」

前に立つティファンヌの耳にささやくと、彼女は眼鏡をはずして振り返った。

「メラニーが？　え、だってあの子は光の巫女様の護衛でしょう。どうして舞台の近くにいないのよ」

舞台の隅を確認すれば、ビオレッタがふたりの兄と一緒に待機している姿が確認できる。父親より借りた真っ黒なローブで姿を隠しているため観客に気づかれていないが、兄であるコンラードとルイスが寄り添っているので間違いないだろう。

メラニーはビオレッタ付きの侍女《じじょ》兼護衛だ。舞台に上がれないまでも、舞台袖《そで》くらいには待機しているべきである。それがどうして、一般の観客席にいるのか。

「……ヒルベルト、メラニーと合流するわよ」

「わかりました」

ティファンヌを先導するようにして、ヒルベルトは観客をかき分けて進む。階段状に椅子《いす》を並べた観客席は、十分な通路も確保してあったが、席が取れず立ち見する観客でごった返していた。ティファンヌがきちんとついてこられているか後ろも気にしつつ、ヒルベルトは突き進む。

「メラニーさん！」

雑多な声にかき消されないよう、強く呼びかければ、波打つ赤毛を揺らしてメラニーが振り向いた。そのとき初めて、彼女がひとりではなく男性と一緒にいたことに気づいた。

「こんなところでなにしているんですか？　そちらは……お知り合いの方ですか？」

メラニーと向かい合うように立つ男は、身なりからして貴族と思われた。肩の辺りまで伸ばした髪を遊ばせ、垂れ目がちな緑の瞳を細めて笑っている。どこか軽薄そうな雰囲気《ふんいき》の男に、ヒルベルトは見覚えがなかった。

近衛騎士であるヒルベルトは、王族を守る者として王城に出入りする貴族の名前と顔を記憶している。となると少なくとも、家督は継いでいないと思われる。

いぶかしむ気持ちを表に出したつもりはないが、ヒルベルトと目が合った男はそわそわと落ち着きを失った。

「騎士が迎えに来たのであれば、私の出る幕はありませんね。それでは、私はこれにて失礼いたします」

メラニーの返事も聞かず、男はそそくさと人混みのなかに消えていった。ヒルベルトに追いついたティファンヌが、男が消えた先を見つめて眉間《みけん》にしわを寄せる。

「……なにあれ。なんだかヒルベルトに恐れを成したっていう感じだったけど、どんだけ根性なしなの？」

「ティファンヌ様、それっていったいどういう意味ですか？」

「そのままの意味だと思いますよ。ヒルベルトごときを怖がるなんて、軟弱ですね」

「ちょ、メラニーさん!?　何度も言ってますけど俺、騎士団でそこそこ強いんですってば！」

「つい最近見事に負けておいてなにを言っているのですか」

「くっ、くそ、なにも言い返せない……！」

「まぁヒルベルトが強いかどうかは置いておいて、あれね、甲冑《かっちゅう》を見て怖《お》じ気《け》づいたのかも」

「いやいやいや、ティファンヌ様はきちんと俺の強さを信じてくださいよ。あなたの護衛ですよ!?」

「道に迷ってしまったので、貴族席まで連れて行ってもらおうと声をかけたのです」

「無視――――！　って、メラニーさんはあの人が貴族だって知っていたんですか？」

「いいえ。ただ、身なりと雰囲気から判断しました」

潔《いさぎよ》い即答に、ヒルベルトはがっくりと肩を落とした。隣に立つティファンヌは頰《ほお》に人差し指を添えて「まぁ確かに、私も貴族だろうなって思ったけど」と口をとがらせる。

「なんだか遊び慣れしているというか、薄情そうだったわね。迷ってしまったのはもう仕方ないけれど、道を聞くなら、あんな軽薄そうな男性ではなくて、騎士にしなさい。甲冑を着ているんだからすぐにわかるでしょう」

ティファンヌの言うとおり、鈍色《にびいろ》の甲冑を纏《まと》う騎士が観客席のところどころに立っていた。

彼らは、観客のなかに不審者がいないか警戒するとともに、迷子や困っている人、体調不良を訴える人などを案内、救助する役目を負っていた。ティファンヌが来なければヒルベルトも同じ任務に就《つ》いていただろう。

「王女様のおっしゃるとおりですね。次からはそうします」

素直にうなずくメラニーを見て、ティファンヌはゆっくり大きくうなずいた。

「とりあえず、光の巫女様のところへ行きましょう。きっと、いつまでも戻ってこないあなたを心配しているわ」

促されるまま、三人は移動を始めた。ティファンヌを間に挟むようにして、ヒルベルトを先頭に一列に並んで先を急ぐ。

舞台袖《そで》についたのは、ちょうどビオレッタたちルビーニ家三兄妹が舞台に立ったときだった。

これまでひとりずつ発表していたのに突然三人が舞台に立ったので、観客はしきりに首をひねっていた。しかし、ビオレッタたちが被《かぶ》っていたローブのフードを外した途端、割れんばかりの歓声が上がった。

陽の光を受けてまばゆく輝く金色の髪、澄んだ青い瞳はまるで雲ひとつない空のよう。頬を淡く染めて微笑《ほほえ》む姿は、まさに女神。アレサンドリの国民が愛してやまない光の巫女ビオレッタの登場に、会場の熱気は急上昇である。

しかも今回はビオレッタだけでなく、同じ色彩と刃物のような鋭い美貌《びぼう》を持つ長兄コンラードも一緒にいる。美貌の兄妹が並び立つ姿は、拝んでしまいそうな勢いだった。

ちなみに、次兄ルイスも一緒なのだが、彼はティファンヌに勝るとも劣らぬ地味さゆえに、おそらく観客に認識さえされていなかった。

三人が立つ舞台の上には、人の上半身ほどもある巨大な調合鍋と、こぶし大の鉱石が種類違いで四つほど置いてあった。ルイスが調合鍋を火にかけると、ビオレッタがなにやら祈りを捧げ始めた。途端、昼日中の屋外だというのにあたりが薄暗くなる。

ヒルベルトが空を見上げれば、太陽が輝く青空が変わらずそこにあった。影の膜《まく》が会場を覆《おお》い、届く光を弱めているようだった。

太陽が完全に地面に隠れた夕方のような、青い膜が張った世界。そんな昼と夜の狭間《はざま》の世界で、調合鍋の足下に置いてあった四つの鉱石がぼんやりと輝き始めた。どうやら、受けた光を吸収し、暗くなるとぼんやり放つ習性を持っているらしい。

光の巫女が起こした奇跡を目にしてしんと静まりかえった観客が、今度はなにが起こるのかと注目するなか、動き出したのはコンラードだった。

彼は淡く光を放つ鉱石をひとつずつ両手でつかむと、ルイスがかき混ぜる鍋の上でふたつの石をぶつけ合った。見かけよりもろい鉱石なのか、それともコンラードが馬鹿力なのか（後者な気がする）、粉々となった鉱石はさらさらと調合鍋のなかに降り注ぐ。残りふたつの石も粉々に砕《くだ》いて鍋に放り込めば、鍋の中身が淡い光を放ちだした。

どよめく観客を無視して、ルイスがローブの懐《ふところ》から薬瓶《くすりびん》を取り出し、中身を鍋に振りかける。瞬間、ぼふんという爆発音とともに煙が盛り上がった。

失敗か？　と観客が首を傾《かし》げたそのとき、雲のようにこんもりと鍋にふたをする煙の中から、ぴゅんという音とともに黄色い光の矢が放たれた。と思えば、次は蒼い光の矢が飛びだしてくる。次々に色を変えて飛び出す光の矢を眺めていて、気づいた。光の矢が纏うのは、どうやら、先ほどコンラードが放り込んだ鉱石の色らしい。

ひとつ、またひとつと飛び出す光の矢はまるで流れ星が空へ還《かえ》るかのようで。緩《ゆる》やかな放物線を描きながら光を弱めていったかと思うと、最後は光をまき散らしながらはじけて消えた。

幻想的な光景に、観客たちは言葉も忘れて魅入《みい》る。

はじけて消える光が、ヒルベルトには祝いのときなどにビオレッタが見せる暗闇に咲く花の奇跡に似て見えて、もしかしたら、光の精霊の力も少し借りているのかもしれないと思った。

ティファンヌも同じ気持ちだったのだろう。「奇跡が起こる国って、素敵よね」と、空を見上げてつぶやいた。その瞳から涙がこぼれたことに、ヒルベルトは気づかないふりをして、空を見つめる。

ふと、隣を気にすれば、メラニーも空へのぼる流れ星を見ていた。

「……ところでメラニーさん。先ほどは迷子になったとおっしゃっていましたが、そもそもどうして単独行動をしたんですか？」

奇跡に感動するティファンヌに聞かれぬよう、軽く身を寄せて問いかけた。メラニーは空を見上げる姿勢はそのままに、視線だけヒルベルトへと向ける。

メラニーの方向音痴《おんち》は、帰り道を一時的に見失ってしまう、といったかわいらしいものではない。冗談ではなく、下手《へた》にひとりで出歩けば遭難《そうなん》してしまうほど重症だった。

そんな彼女が、少なくない回数訪れたことがあるルビーニ家とはいえ、単独行動するだろうか。しかも今日は平時と違い、目印になりそうな植物もすべて撤去《てっきょ》された特設会場となっているのだ。

疑念のまなざしを向けるヒルベルトへ、メラニーはたおやかに笑って言った。

「女のヒミツです」

なんとおざなりなごまかし方か。ヒルベルトは文句を言おうとしたが、あたりが急に明るくなったことに驚き、機を逃してしまった。

舞台を見れば、満場の拍手に見送られてビオレッタたちが降りてくるところだった。

舞台袖まで戻ってきたビオレッタは、ティファンヌの存在に気づくなり彼女の胸に駆け込む。

「ティファンヌさあああああぁぁん！」

「うぐぅ！」

遠慮《えんりょ》のない突進を受け、後ろへ倒れそうになるティファンヌの背中をヒルベルトが支えた。前後から押されるティファンヌはさぞ苦しいだろうが、ここで彼女が倒れれば身重のビオレッタまで転んでしまう。光の巫女付き護衛として、それだけはなんとしても阻止《そし》せねばならなかった。

ヒルベルトの気遣いとティファンヌの犠牲《ぎせい》により、無事抱きついたビオレッタは、そのまますりすりと頬を寄せた。

「ああああぁぁ……癒《いや》される。相変わらず目に優しい数の精霊を連れていますね。すっごいすっごい緊張した後に舞台袖で待っていてくれるなんて、絶対精霊のみんなが仕向けたよね。それ以外ありえないわ」

「ぐえっ、う……」

「巫女様、それくらいで力を弱めてくださいませんか。王女様がつぶれた蛙《かえる》のような声を出しております」

「無理、無理、もうちょっと待って。お願い、あとちょっとだから……」

メラニーにたしなめられたことで余計に離れがたくなったのか、ビオレッタがさらに腕の力を強め、ティファンヌの顔色が緑気を帯び始めた。

「巫女様、王女様が声だけでなく顔色まで蛙に近づいてきました。どうかそれくらいで……」

「……っは！　ごめんなさい、ティファンヌさん。ついつい力をこめすぎました！」

ティファンヌの危機的状況にやっと気づいたビオレッタが、腕の力を弱めて離れた。自由になった彼女は大きく息を吸い込む。どうやら呼吸すらままならなかったらしい。

荒い呼吸を繰り返す様を見て、ビオレッタはしゅんとうつむいた。それを見るなり、今度はティファンヌが慌てだした。

「あの、巫女様、どうか落ち込まないでください。私なら大丈夫です。もう慣れましたから！」

それもどうなんだ？　とヒルベルトは思ったが、ビオレッタが持ち直したので余計なことは言わず、黙って成り行きを見守った。

「あの、ティファンヌさんはこの後時間がありますか？　せっかくですし、屋敷で一休みされてはどうでしょう。ディアナさんも誘って……そうだ！　ミレイアさんにも声をかけてみましょう」

「ミレイア様とは……第二王子殿下の奥方様ですよね？」

ティファンヌの問いに、ビオレッタは笑顔でうなずいた。

「ミレイアさんは普段アルモデの街にいて、たまにしか王都に来られないんです。せっかく王都にいらっしゃるのだから、この機会にティファンヌさんとディアナさんをご紹介したいです。構いませんか？」

そう言って首を傾げるビオレッタを見た途端、ティファンヌは「ぐっ……」と小さくうめいた。十中八九、ビオレッタの可憐《かれん》さに胸を打たれたのだろう。

「……わかりました。急ぎの用事があるわけではありませんし、お言葉に甘えさせていただきます」

ティファンヌが了承の意を伝えると、ビオレッタは目を輝かせ、満開の花が咲くような笑顔を見せた。ティファンヌの手をとり、スキップし始めそうな軽い足取りで歩き出す。

コンラードやルイス、メラニーも後に続くなか、ヒルベルトは気づいていた。

歩き出す一瞬、ティファンヌが覚悟を決めたような表情を浮かべ、そして、そんな彼女をメラニーが心配そうに見つめていたことに。


ビオレッタの案内で通された部屋には、すでに王太子エミディオと王弟ベネディクト、そして妻ディアナの三人が待っていた。ちょうどお茶を淹《い》れようとしていたのか、茶器を置いたワ

ゴンのそばに立つディアナを認めるなり、メラニーが慌てて駆けよった。

「お姉様！　お茶なら私が淹れますから、どうかゆっくり休んでいてください」

　ワゴンごと奪っていったメラニーへ、ディアナは眉《まゆ》をさげて笑った。

「まぁまぁ、メラニー。もうすぐ臨月《りんげつ》なのだから、少し無理したところで平気よ。お茶を淹れるくらいなんてことないわ」

「いいえ！　そんな大きなお腹を抱えて立ち仕事なんて、私の目が黒いうちは許しません！」

はねつけるように言い切り、メラニーはソファに腰掛けるベネディクトをにらんだ。つまり、夫がしっかり見張れという意味だ。

　いくらヴォワールの伯爵令嬢とはいえ、王弟相手にやっていい態度ではない。だが、普段何事に対しても冷静なメラニーが取り乱すのはディアナに関係することだけだとこの場にいる全員が知っていたので、誰もなにもとがめなかった。

　しかし残念なことに、他ならぬベネディクトだけはメラニーの真意に気づいていなかった。ポヤポヤとした笑顔で「ディアナは、本当に働き者だよねぇ」とのたまったため、向かいのソファに腰掛けるエミディオが頭を抱えてため息をこぼした。

「気が利《き》かなくてすまなかったな。以後、気をつけるようにしよう」

　頼りにならない叔父《おじ》に代わってエミディオが謝るという謎の展開を見せて、その場は一応丸く収まった。

ビオレッタをエミディオの隣に、ティファンヌをディアナの隣に座らせ、ヒルベルトはメラニーがお茶を淹れるワゴンの端に立つ。お茶の入ったカップをそれぞれに配る様子をなんとはなしに眺めていたら、すぐ目の前に、湯気の立つカップが差しだされた。

「せっかくです。一杯くらい飲んでいっても問題ないでしょう」

相も変わらず無表情なメラニーに促され、ヒルベルトは「どうも」と礼を言いながら受け取った。

表情は変わらないが、なんとなく満足げな雰囲気《ふんいき》でうなずいた彼女は、用意していた自分のカップを持ち、口元へ持っていった。さすが伯爵令嬢というべきか、立ったままカップを傾ける姿さえも洗練されている。

ヒルベルトも紅茶を口に含むと、ふくよかな香りとすっきりとした苦みが口に広がった。

「……うま」

思わずつぶやいた声に、「そうでしょう」とディアナが反応した。

「メラニーが淹れるお茶が、わたくしは一番おいしいと思っておりますの」

褒《ほ》められたメラニーはうっとりした顔で「お姉様……」とつぶやき、身体《からだ》を怪しくくねらせた。普段の様子からは想像もつかない表情と態度だが、これがメラニーの通常運転だ。彼女の世界はディアナを中心に回っていた。ちなみに、お姉様と呼んでいるがふたりの間に血のつながりはない。もちろん、義理の姉妹というわけでもない。

またいつものが始まるな——と思い、ヒルベルトが顔をそむけたとき、部屋にノックの音が響いた。

「ご歓談中失礼いたします。第二王子殿下夫妻が到着されました」

第二王子夫妻と聞き、ティファンヌがぎくりと身体をこわばらせた。気づいたヒルベルトは不審に思ったが、ディアナやメラニーが気遣わしげな視線を向けたため、余計な口は挟まなかった。

「失礼いたします。遅れてしまい、申し訳ありません、兄上、叔父上」

部屋に入るなりイグナシオは軽く頭を下げて遅参《ちさん》をわびる。エミディオやベネディクトと同じ白金の髪をなびかせて顔を上げた彼は、ティファンヌの存在に気づくと目を瞠《みは》ってわずかに身をこわばらせた。ささやかな間の後、ふっと息を吐いてがらりと表情を変える。

儚《はかな》くも感じる笑みをたたえていたのが嘘のように、暗い笑顔に変容したのだ。

「……なるほど。私に紹介したい相手がいると聞いたときから、もしやと思っておりましたが。そういうことだったのですね」

「え？　イグナシオ様、いったいなにを言って……」

突然の変貌《へんぼう》に面食らうビオレッタを無視して、イグナシオは歩を進めた。一緒に入室したミレイアが、戸惑いの表情を浮かべて彼の後に続く。

立ち止まったのは、ティファンヌの目の前だった。

「初めまして、ティファンヌ王女殿下。私こそが、ヴォワールの食糧支援を止めるよう進言した、イグナシオでございます」

胸に手を当て、イグナシオは礼をする。慇懃《いんぎん》な態度なのに、語る声にはあざけりが浮かんでいた。

顔色を悪くして言葉を失うティファンヌを、姿勢を正したイグナシオは容赦《ようしゃ》なく見下ろした。

「わざわざ格下の相手に嫁《とつ》いでまで取り付けた食糧支援だったというのに、私のせいで無駄になってしまったと思っているのでしょう？　我慢せずとも、心のままにののしっていただいて構いませんよ。私はすべて覚悟の上で、食糧支援の打ち切りを進言したのですから」

「イグナシオ様！」

抜き身の刃で心に斬《き》りつけるような鋭い言葉を、ミレイアが止めた。

「どうしてそんな言い方をするのですか！　ティファンヌ様、どうか、誤解しないでください。イグナシオ様はヴォワールの現状を正しく理解しております。食糧支援をやめればどのような影響があるのかすべて知った上で、それでも、打ち切るしかないと判断したのです」

第二王子イグナシオが、当時婚約者だったミレイアとともにヴォワールへ渡ったことはまだ記憶に新しい。帰国した彼はヴォワールへの食糧支援の即時終了を進言し、神国王はそれを了承した。

イグナシオの言うとおり、支援を取り付けるための人質であるティファンヌの立場を考えれば、恨み言のひとつやふたつ、言いたいと思っても仕方がないことだろう。

しかし、

「わかっております」

先ほどまでの動揺《どうよう》が嘘のように、ティファンヌは落ち着いた声で答えた。

「詳しいことは聞いておりません。が、父のことです、きっといただいた食糧を金銭に換えてよからぬことに使っていたのでしょう」

声を強めるでもなく、わずかに微笑《ほほえ》んでさえみせるティファンヌは、それだけ、自らの父に失望しているのだろう。

ヒルベルトは知っている。彼女がヴォワールで、どれだけ苦しい立場に立っていたのか。何度傷つき、ぼろぼろになろうとも前を向く彼女を目の当《ま》たりにしたからこそ、ヒルベルトも消えることのない憎しみと向き合うことができたのだ。

「私は今日、お礼を言いたかったのです。ヴォワールという国は、強者が弱者を虐《しいた》げて成り立っている国です。か弱き民はただ堪《た》え忍び死を待つしかできません」

ヴォワールという国は強さを病的なほどに重んじ、弱さは罪と言い切る、弱者に厳しい国だ。生まれてきた命におめでとうと伝える奇跡すら存在しない国——いつだったか、ティファンヌが言っていた。

「ただでさえ国力に乏《とぼ》しいというのに、領地拡大にばかり猛進する王と、浅はかな欲のために力をふるう王太子では、滅びるのも時間の問題でしょう。そのとき苦しみを強《し》いられるのも、民なのです。滅ぼうが滅ぶまいが苦しむのであれば、せめて、一日でも早く苦しみを終わらせたい」

ティファンヌは椅子《いす》から立ちあがってイグナシオへ向き直ると、スカートの裾《すそ》をつかんで淑女《しゅくじょ》の礼をした。

「無駄な延命措置である食糧支援を廃止してくださり、ありがとうございます。おかげで、民が苦しむ時間が短くなりました」

祖国の滅亡を望むなど、王族失格だろう。だが、ティファンヌはいま、民のことを想って頭を下げている。

彼女の王族としての覚悟に圧倒されたのか、イグナシオもミレイアも唖然《あぜん》としていた。

姿勢を正したティファンヌは、緊張から解き放たれたのかほっと息を吐く。

「私は今日、それをお伝えしたくてここへやってきたのです。なかなか決心がつかなくて、ヒルベルトには迷惑をかけてしまいましたが……ちゃんと伝えられてよかった。では、これにて失礼いたします」

「え、待って、ティファンヌさん！」

まだ出されたお茶すら飲みきっていないというのに、ティファンヌは扉へと歩き出した。それを、ビオレッタが追いかける。

ティファンヌの護衛であるヒルベルトも後に続こうとしたが、メラニーが押しとどめた。

「女同士、いろいろと話したいことがございます。いまは、私と光の巫女様にお任せくださ い」

どうするべきか迷い視線を走らせれば、エミディオとディアナがうなずいた。

ビオレッタの生家であるルビーニ家であれば不審者は入り込めないだろうし、メラニーがふたりのそばにいれば危険などないだろう。言われるまま、ヒルベルトは部屋に残ることにした。

扉が閉まる音が響き、足音が遠ざかっていく。廊下《ろうか》の気配が感じられなくなったころ、重たい沈黙に支配された空気を、ディアナが切り裂いた。

「さて、イグナシオ様、オイタもそのくらいにしてくださいね。わざと憎まれ口をたたいて……ティファンヌにののしってもらえれば、少しは罪悪感が薄れるとでも考えたのですか?」

「ディアナさん、そう厳しくなさらないで……と言いたいところだが、今回ばかりはお前が悪い。イグナシオ」

苦言を呈するディアナに、エミディオも苦々しい表情で同調した。イグナシオは顔をゆがめてうつむき、拳《こぶし》を握りしめる。その拳を、ミレイアが慰めるように両手で包んだ。

「まぁまぁ、ふたりとも、説教はそれぐらいにしよう」

息苦しくさえ感じる暗い雰囲気をやんわり押しのけて、ベネディクトが朗《ほが》らかな声で言った。

「ティファンヌさんも言っていたでしょう。食糧支援の廃止は、間違ってはいない。それによって失われる命があろうとも、イグナシオひとりが背負うことではないよ。これは、我々全員が受け止めるものなんだ」

おずおずと顔を上げるイグナシオへ、優しく笑いかけた。

「いま君が反省すべきことはひとつ。ティファンヌさんを不用意に傷つけようとしたことだよ。でもそれは、きちんと反省して謝ればいい。間違いはね、正していけばいいんだ。私もディアナを怒らせてばかりだけど、きちんと反省して謝れば許してくれるもの」

ねぇ、とディアナへ声をかければ、彼女は赤い顔でしかめっ面《つら》を作った。途端、ふたりの間から甘い空気が醸《かも》し出され、エミディオはそっと顔をそらし、ヒルベルトはたまらず首をかく。

気を取り直したディアナが、咳払《せきばら》いで場の空気を引き締めた。

「とにかく、イグナシオ様、あなた様にはわたくしの息子を預けております。これ以上失望させないでくださいね」

「イグナシオのことは認めているから、この調子で頑張れってことだよ。よかったね」

ディアナがイグナシオへ釘を刺そうとしても、隣のベネディクトが真意を暴露したので台無しだった。さっきメラニーの真意には気づかなかったくせに、どうしていまだけ鋭いのか。相変わらずのベネディクトクオリティに、ディアナはこめかみに手を添えて頭を振った。

「もうこの話はこれにて終了です。ヒルベルト、光の巫女様に戻るよう伝えてもらえるかしら。あと、ティファンヌを家まで送り届けて」

ため息混じりにヒルベルトへ指示を出す。一応、ヒルベルトの主はエミディオであるため顔を窺《うかが》えば、彼は行ってこいとばかりに小さく二度うなずいていた。

　エミディオから許可をもらったので、ヒルベルトは部屋を辞してティファンヌたちのもとへ向かう。扉の前で警護する騎士に行き先を聞き、見苦しくないよう小走りで追いかけたのだった。


　ヒルベルトがティファンヌたちを見つけたのは、中庭の薬草畑だった。ルビーニ家には至る所に薬草畑があり、世界各国から集めた薬草を栽培《さいばい》している。

　庭師が畑をいじる姿を、東屋《あずまや》から仲良く見学する二人のもとへ近づいていく。次第に、彼女らの会話が聞こえてきた。

「ルビーニ家の栽培技術は本当に素晴らしいですね。すくすくと育つ植物を見ていると、食糧支援ではなく、ルビーニ家がこれまで蓄積してきた植物栽培技術を教授してもらえたなら、悪用されずにすんだのかなって、考えてしまいます」

　今回の食糧支援の打ち切りにより、アレサンドリとヴォワールの国交が断絶されたに等しい。それでも、民を救う『もしも』を口にせずにはいられない。

　ヴォワールの王族でありながら弱者に寄り添おうとするティファンヌこそが、本来あるべき王族の姿だろうとヒルベルトは思う。この優しさが、彼女自身が弱者として虐げられ続けたから得られたのだと思うと、やるせない気持ちがこみ上げた。

　少し離れたところで立ち止まり、ティファンヌとビオレッタの会話が一段落するのを待つ。すると、メラニーが気配に気づいた。

「王女様、そろそろお帰りになる時間のようです。ヒルベルトが迎えに参りました」

　振り向いたティファンヌとビオレッタへ、ヒルベルトは姿勢を正して一礼した。

「ディアナ様が光の巫女様をお待ちしております。ティファンヌ様は、このままお帰りいただいて構わないそうです。俺が屋敷まで送り届けますので」

　ヒルベルトの指示にうなずいて、ティファンヌとビオレッタはそれぞれの護衛のそばに立った。

「それでは、私はこれにて失礼いたします」

「またお城で会いましょうね、ティファンヌさん。今日は来てくれてありがとう」

　笑い合って、挨拶《あいさつ》をかわす。ビオレッタたちが屋敷に戻るのを見送ってから、ヒルベルトとティファンヌは歩き出した。

　あらかじめ、ディアナから指示を受けていたのだろう。前庭にはティファンヌが乗ってきた馬車がすでに待機していた。

　ヒルベルトの補助を受けながら乗り込み、狭い客車のなかで向かい合わせに座る。御者に合図を送れば、鞭《むち》の音とともに馬が走り出した。

ガタゴトと揺れる客車のなか、いつもなら窓の外を眺めているか、最近熱中している鑑賞対象についての妄想を語り出すティファンヌが、沈黙したままちらちらとヒルベルトの顔を窺いだした。

「……なんか俺に言いたいことでもあるんですか」

いい加減うっとうしく感じたヒルベルトが話しかけると、ティファンヌは大げさなほどびくつき、顔をそむけた。助け船を出したつもりだったのに、あんまりな態度にヒルベルトが眉根《まゆね》を寄せると、彼女は慌てて「ごめんなさい、不愉快にさせるつもりはなかったのよ」と謝った。

「いや、その……ヒルベルトに、嫌な思いをさせたんじゃないかと思って。ほら、その、国が滅ぶとかどうとか……」

「あぁ、なるほど。べつに不快になんて感じていませんよ。ただ、国が滅んだほうがいいなんて、経験したことがないからこそ言えることだな、とは思いました」

ヒルベルトの故郷トゥルムは、ヴォワールによって滅ぼされた。滅ぼした側の人間が、たとえ自分の国に対してだとしても、軽々しく滅べばいいなんて言うべきではないだろう。

「ご、ごめんなさい……」とティファンヌは身を縮め、ヒルベルトは目をすがめた。

「あなたが悪いわけじゃない。それは俺もわかっていますから、いちいち謝らないでください。というか、気にするだけ無駄なんですよ。恨みなんてものは、抱えている本人がどこかで踏ん切りをつけない限り続くものなんだ。あんたがなにかしたからって軽くなるものじゃない」

ヴォワールの王族だったというだけでなんの罪もないティファンヌに、ヒルベルトはなにか償《つぐな》いをしてほしいわけではない。でも、時折どうしようもない憎しみが込み上がってくるときはある。

それはきっと、どれだけ時間が経とうと当時の悔《くや》しさや恨みが生々しくよみがえるのと同じ。いくら距離を置こうと、ふとした瞬間にヒルベルトを呑《の》み込んでしまう。

これは一生、ヒルベルトが背負っていく傷なのだろう。

「あんたはただ、レアンドロ様の腕の中で幸せになっていればいいんですよ。ディアナ様だってそう言っていたでしょう」

ティファンヌが罪を犯したというのなら、償うべき相手はヒルベルトでもトゥルムの民でもなく、ディアナだろう。だから、彼女が望むままに、ティファンヌは幸せになるべきだ。

しんみりとした空気を打ち消してしまおうと、ヒルベルトは両手をたたいた。

「さて、と。この話はこれで終わり。ティファンヌ様、笑ってください。あなたが哀しい顔をしているのをレアンドロ様に見られでもしたら、冗談抜きで殺されるんで」

笑顔のレアンドロに地獄の特訓フルコースを命じられることだろう。なにも悪いことはしていないというのに、これほど理不尽なことはない。

半分本気な懇願《こんがん》を聞き、ティファンヌは笑い出した。

その目に涙が浮かんで見えたのは、きっと、腹を抱えて笑っているからだ。

——翌日。

「ようこそいらっしゃいました、ティファンヌ様」

ヒルベルトは王城の前庭にて、馬車に乗るティファンヌを出迎えた。御者がうやうやしい仕草で開け放つのを待って、エスコートのために手を差し伸べる。その手を取って馬車から顔を出したティファンヌは、見るからに怯《おび》えていた。

プルプルと震えて不安げにこちらを見上げる姿は、まるで狼を目の前にしたうさぎだ。尋《じん》常《じょう》ではない怯えっぷりだが、それも仕方がないとヒルベルトは思う。

「お、おお、おはよう、ヒルベルト」

身体《からだ》だけでなく、声まで震わせたティファンヌは、青い顔で言った。

「私はどうして、昨日の今日でイグナシオ殿下からお呼び出しを食らったのかしら」

今朝、ティファンヌのもとへイグナシオから招待状が届いたそうだ。ヒルベルトがその事実を知ったのも、今朝、レアンドロから護衛の任務を仰《おお》せつかったときだった。

他人事《ひとごと》であるヒルベルトでさえ、昨日の今日でと驚いたのだ。当人であるティファンヌがうろたえても仕方がない。

「どど、どうしよう……昨日の態度が生意気だって、反感を買ってしまったのかしら」

「いや……どっちかというと、向こうが反省したんじゃないですかね」

「そんなまさか！」と目をむくティファンヌへ、ヒルベルトは引きつった笑みとともに指で頬《ほお》をかいた。

「実はですね、昨日、ティファンヌ様が部屋を飛び出したあと、ディアナ様がイグナシオ殿下に説教をはじめまして……」

「説教!?　え、それって大丈夫なの？」

王弟と結婚したとはいえ、ディアナのもともとの身分は掃除《そうじ》メイドである。第二王子相手にホイホイと説教をしていい立場ではない。

「大丈夫だと思いますよ。じゃなきゃ、昨日の今日でティファンヌ様を呼び出したりしませんって。あの猫かぶり王子も、案外かわいらしいところがあったんだなぁ」

「ちょっ、ヒルベルト！　あなた、他人事だと思って適当なことを……」

「だって事実他人事ですし」と即答すると、それを聞いたティファンヌはがっくりと肩を落としてうなだれた。

ちょっとからかいすぎたかと、ヒルベルトが謝ろうとしたその時。

「どわぁっ！」

背後から突き飛ばされ、ヒルベルトは地面に顔から倒れ込んだ。

「王女様を落ち込ませるなんて、ヒルベルトのくせに生意気ですね。レアンドロ様にご報告しましょうか」

慌てて身を起こしたヒルベルトが振り返ると、片足を持ち上げた格好で見下ろすメラニーが立っていた。

「メラニーさん!?　気配もなく背後に立って蹴《け》り飛ばすとか、やめてくださいよ！　あとレアンドロ様に報告とか、絶対に誇張しまくるでしょう。冗談ですまないんですってば！」

「誇張なんてとんでもない。ありのままに、ヒルベルトが王女様をわざと怯えさせて悦《えつ》に入《い》っていたとお伝えするだけです」

「誇張していないけどむしろいろいろと省略しすぎて危険！　悦に入ってたとはなんですか。そんなつもりまったく――ぐはぁっ」

「うるさいですよ。もう少し静かにできないのですか」と、メラニーは棍棒《こんぼう》を振り下ろした格好のまま告げた。赤く腫《は》れる頬に手を添えて、ヒルベルトは「ひどい」と涙目でつぶやく。

恨めしげなヒルベルトの視線を鮮やかに無視して、メラニーはティファンヌへと手を差し出した。

「イグナシオ殿下がお待ちです。大丈夫ですよ、王女様。私と――ついでにヒルベルトもついておりますから、ご安心ください」

「ついでってなんですか！　これでも俺、レアンドロ様から直々に護衛を命じられているんですけど!?」

「さぁ、行きましょう。王女様」

「無視──────！」

「〰〰ぶっ……ふふ、あはははっ！」

ずっと黙ってふたりのやり取りを見ていたティファンヌが、突然噴き出した。一度決壊したら抑えられなくなったのか腹を抱えて大笑いする。しばしの間笑い続けたあと、深呼吸をしてから顔を上げた。

「ありがとう、ふたりとも。私は幸せものね。だって、ひとりじゃないんだから」

先程までとは違う、スッキリとした表情のティファンヌを見て、ヒルベルトはほっと息を吐いて立ち上がった。

「ここまで来たら、腹をくくるわよ。せっかくイグナシオ殿下を間近で見られるのだし、いい空想の種のひとつやふたつ、回収してみせるわ」

「さすが王女様。転んでもただでは起きませんね。ですが、淑女《しゆくじよ》があのように大笑いするものではありませんよ」

「……うっ、わかってるわ。気をつけます！　とにかく、行くわよふたりとも」

迷いない足取りで、ティファンヌが歩きだす。ヒルベルトとメラニーもそれに続いた。

ヒルベルトの周りは、今日も変わらず騒がしい。

第二章　ヘタレ騎士の反抗。またの名を負け犬の遠吠え。

魔術師技能披露会からしばらく経ち、ヒルベルトたち光の巫女《みこ》付き近衛《このえ》騎士隊に日常が戻ってきた頃。

王太子エミディオの執務室へ呼び出されたヒルベルトは、渡された資料を見て、空いた手で頬《ほお》をかいた。

「個人調査、ですか」

ヒルベルトの独《ひと》り言《ごと》に、執務椅子《いす》に腰掛けるエミディオと、机の斜め前で待機するレアンドロが無言でうなずいた。

そんなふたりへちらりとだけ視線をよこしたヒルベルトは、手渡された資料を読み込んでいった。

エミディオから直々に命令が下されることは珍しくない。ただ、そういった命令は、極秘調査や囮《おとり》、潜入といった諜報《ちょうほう》任務ばかりだった。

ティファンヌがアレサンドリへ輿入《こしい》れしてきた際、護衛としてそばにいながら彼女の目的やヴォワールとの繋《つな》がりを調査するようヒルベルトに命じたのも、エミディオだった。

そして今回、ヒルベルトが受けた命令というのが、とある男の調査だった。

「名前は……イマノル・スリナッチ。スリナッチ子爵の長男なんですね。こいつ、なにをやらかしたんですか？」

分厚い資料をめくりながらの問いに、レアンドロが答える。

「我々が支援した食糧を換金したヴォワールが、その金で武器購入していたことは知っているな」

「はい。しかも武器を売ったのは我が国の貴族だったとか」

「その通りだ。密売していた貴族に関して、動機と証拠はすでに揃《そろ》っているのだが、その間がわからない」

資料から顔を上げたヒルベルトは。「間、ですか？」と眉根を寄せた。うなずくレアンドロに続き、エミディオが話し出した。

「密売を行った貴族は、地方貴族ということもあり、お世辞《せじ》にも顔が広いとは言えないのだよ。国内の主立った貴族とも縁が薄いというのに、どうやってヴォワールと繋《つな》がることができたのか」

「つまり、ヴォワールとその貴族との間を取り持った、第三者がいると？」

「そうだ。取り調べしてみたところ、イマノル・スリナッチの紹介でヴォワールの商人と繋がったと話している。密売に手を染めた貴族は、いまや己の過ちを認めて深く反省している。信用してもいいだろう」

「軽く調べてみたところ、スリナッチ家はここ数年経済的に厳しい状況だ。にもかかわらず、密売が始まった頃からイマノルのはぶりがよくなっていた」

レアンドロの説明にヒルベルトが「もうそれ確定じゃないですか」と呆《あき》れると、エミディオが難しい顔で頭を振った。

「お前の言うとおりだが、残念ながら、確固たる証拠がない。商人が紹介状を持ってきたというだけで、イマノルと顔を合わせたわけではないのでな」

そう言って、エミディオは一枚の紙——紹介状を机に広げた。そこには、イマノル・スリナッチとしっかり署名してあった。

「これが偽物《にせもの》という可能性もある。それに、たとえイマノルが仲介者《ちゅうかいしゃ》だったとして、この男がどうやってヴォワールと繋がったのか、やはりわからないんだ」

「ヒルベルトには、この紹介状の真偽と、イマノルとヴォワールの繋がりについて調べてほしい」

「了解しまし——ん?」

資料に目を通していたヒルベルトは、調査対象者の姿絵を見つけて手を止めた。

肩の辺りまで伸びた髪を風になびかせ、一目で貴族とわかる仕立てのよい服を着崩した男の歩く姿が描いてある。ひとりだというのに薄ら笑いを浮かべた薄情そうなその顔に、ヒルベルトは見覚えがあった。

「こいつ、魔術師技能披露会でメラニーさんと話していた男じゃないですか」

「メラニーが？　まさか、知り合いなのか？」

　エミディオの問いに、ヒルベルトは首を横に振った。

「メラニーさんは知らない方だと言っていました。あの日、迷子となったメラニーさんが、貴族席へ戻るためにこの男に案内を頼んだと言っていましたが……」

「案内？　それなら、案内役の騎士がいただろうに、どうしてわざわざイマノルに？」

　レアンドロとヒルベルトが顔を見合わせて首を傾《かし》げるなか、エミディオが顎《あご》に手を添えて考えこむ。

「イマノルは女好きで有名らしいからな。ひとり途方に暮れるメラニーを見つけて、案内を口実に声をかけたのかもしれん」

「あぁ、そうかもしれませんね。メラニーさん、薄情そうと酷評《こくひょう》するティファンヌ様に同意していましたから」

「イマノルの人間性にいかに難があるのか、一目で見抜くだなんて。さすがティファァですね」

　妻ティファンヌの話題が出た途端、レアンドロは胸に手を当てて輝かしい笑みを浮かべた。

　場の空気とそぐわない唐突《とうとつ》なのろけに、エミディオとヒルベルトは頭を抱える。

「……とにかく。イマノル・スリナッチの調査をよろしく頼む」

エミディオの命令に、ヒルベルトは「御意《ぎょい》」と答えて頭を下げたのだった。


渡された資料には、スリナッチ家の家族構成や経済状況、領地運営状況といった、城内で集められる情報が記載されていた。

今回、ヒルベルトが調査するのはもっと生々しいもの。イマノルの人となり、交友関係、行動パターンといった、彼を構成するすべてだ。王都警備隊の甲冑《かっちゅう》を着込んだヒルベルトは、街の警邏《けいら》のふりをしてスリナッチ家を探り、イマノルの生活パターンのほかに、使用人の数といった城の資料ではわからないことも調べていった。

イマノルがいったい誰と懇意《こんい》にしているのか、そのなかに怪しい人間がいないかひとりひとり精査していく。ざっとではあるが、イマノルという人物の表向きの顔がわかったところで、次は裏の顔を探ることにした。


いまにも雫《しずく》がこぼれ落ちそうな暗い曇天《どんてん》にふたをされた昼下がり。甲冑を脱ぎ捨ててシャツにベストという普段着に身を包んだヒルベルトは、ひとりアルメ地区を歩いていた。

そこで生活する人がいる以上、治安の悪いアルメ地区にも市場は存在した。ごろつきに絡まれないよう、市場周辺を縄張《なわば》りとする組織に出店料を払う必要はあるが、人の出入りが激しいアルメ地区らしい、多種多様な屋台が並んでいる。

広場に所狭しと屋台が並び、迷路のように入り組んだ細い通路をヒルベルトは進む。無秩序《むちつじょ》に屋台が並んでいるようで、どの店もきちんと通路に面していたり、袋小路がないなど、ある程度の管理はされているらしい。

足を止めたのは、テーブルに野菜を積み上げ、屋根から焼いた肉をつり下げた屋台。肉や野菜に囲まれた中央に鉄板が置いてあり、店主が座って生地を焼いている。パンにしては薄く、クレープというには厚い生地で肉や野菜をまくという、アレサンドリでは珍しい料理で、もともと、二代前の店主が遠い異国からここに流れつき、故郷の料理を売り始めたのだそうだ。

肉や野菜をかき分けて鉄板の前までやってきたヒルベルトは、作業に集中して顔すら上げない店主へむけ、硬貨を握った手を差しだした。

「ふたつくれ」

声をかけてやっと顔を上げた店主は、受け取った硬貨を確認するなり、にやりと笑って立ちあがった。

「どの野菜を挟むんだい。残念ながら、肉は選べないぞ」

「知ってる。今日のおすすめはどれだ？」

「そうだなぁ、今日はちょっと珍しい野菜が手に入ってな。ほら、そこにぶら下げてあるやつ」

ヒルベルトに野菜を指し示す振りをしながら、店主は身を寄せてくる。そして、小さくつぶやいた。

「で？　どんな情報が欲しいんだい？」

「イマノル・スリナッチについて。このあたりで問題を起こしていないか、とか。誰と付き合いがあったのか、とか。なんでもいい。とりあえず情報が欲しいんだ」

素早く答えると、店主はヒルベルトから離れて吊された野菜へと歩き出した。

「悪いな、兄ちゃん。あんたが気に入っている野菜は今日は切らしてるんだ。今度来るまでにちゃんと仕入れとくからよ。そうだなぁ……三日ぐらいでそろえられるかな。それくらいにもう一回来てくれよ。ま、気が向いたらでいいからさ」

小さなナイフで吊された野菜の一部を切り落とし、鉄板のもとへ戻る。すでに切り分けてある野菜や肉と一緒にパン生地で巻くと、紙に包んでヒルベルトへ差しだした。

「あの味が忘れられなかったんだが……品切れなら仕方がないな。また今度、よっていくよ」

「おう。できれば早めに来てくれよ。どれも生ものだからいつまでもとっておけねぇし。それに、また売り切れちまうかもしれない」

「わかってるって。ちゃんと野菜が残っている間にくるよ」

受け取った包みを軽く掲《かか》げ、ヒルベルトは屋台を後にする。そのまま市場からも出てむかったのは、住宅といっていいのかもわからない、雨や風をしのぐだけで精一杯といった建造物が並ぶ区域。

そんな場所で、唯一、しっかりとした壁と屋根で覆《おお》われた建造物があった。他の家屋が布を玄関扉代わりにしているのに対し、この建物には木製の扉がはめ込んである。それを開け放ってなかへと足を踏み入れたヒルベルトは、迷いない足取りでまっすぐ伸びる廊《ろう》下《か》を進み、ふたつ目の部屋に入った。

「あれ、ヒルベルト。遊びに来たのかい？」

奥の執務机で書き物をしていたオーベールが、振り返るなり目を瞬かせた。

部屋には執務机の他に、薬が並んだ棚《たな》や簡易ベッド、ガーゼやはさみ、ピンセットといった処置道具が並んでいる。

ここは、オーベールの住居兼病院だった。

元々は他の住宅と同じぼろぼろの家屋だったものを、ヒルベルトをはじめとした同郷の男たちで修繕《しゅうぜん》し、入院患者を受け入れられる病院に造り直したのだ。ヒルベルトたちはトゥルムで暮らしていたときから国民のために大工仕事をこなしていた。壊れかけの家屋を修繕するくらい、お安いご用だった。

「ちょっとこっちに用事があってな。昼飯でも一緒にどうかと思って、買ってきた」

そう答えてヒルベルトが紙の包みをひとつ投げる。難なく受け止めたオーベールは包みの中身を確認し、「またこれ？　好きだねぇ」と笑った。

「じゃ、俺はお茶でも用意するかな。適当に座って待ってて」

「おう、ありがとな」と礼を言って、ヒルベルトは患者用の椅子《いす》を執務机のそばまで持ってきて腰掛けた。自分が修繕した場所なだけに、勝手知ったるなんとやらだった。

諜報《ちょうほう》の任務でアルメ地区を訪れた際、ヒルベルトは必ずオーベールの病院に顔をだすようにしている。そうすれば、以前メラニーが教えてくれた記事のように誰かに見とがめられようともうまい言い訳が立つからだ。乳兄弟《ちきょうだい》を利用するのは少々忍びないが、そんなことで気分を害する相手ではない。

湯気の立つカップをふたつ持ってオーベールが戻ってきた。執務机にカップを置き、ふたり仲良く椅子に座って野菜と肉をまいたパンを食べる。かりっと焼いた肉にからむタレの濃い味が、みずみずしい野菜の甘さをひきたてていた。鼻をぬけるハーブの香りも、後味を爽《さわ》やかにしている。

「で？　今日はなにを調べに来たの？　なにか聞きたいことがあるんでしょう？」

大口を開けてかじりついたオーベールが、もぐもぐと咀嚼《そしゃく》しながら問いかけた。

医者としてこの区域の人間と深く関わりを持つ彼は、ヒルベルトにとって貴重な情報源でもあった。金で繋《つな》がる情報屋よりも、よっぽど信頼できる。

同じようにかじりついていたヒルベルトは、口の中味をお茶とともに喉《のど》の奥へ流し込んでから答えた。

「イマノル・スリナッチについて、調べてる。なんか聞いたことはあるか？」

「イマノル・スリナッチ？　あの男、とうとう上から目をつけられるようなことをしたのか？」

「なんだ、知ってるのか？」

「知ってる、知ってる。あいつは女癖《おんなぐせ》が悪くてね。そのくせ商売をする女性ではなく真面目《まじめ》なお付き合いを望む女性にばかり手を出して……被害に遭《あ》った女性の治療を何度か行ったことがあるよ」

苦々しい顔で、オーベールは告げる。よほど腹に据えかねていたらしい。

「貴族だからこちらはへたに手も出せないし、関わらないよう注意喚起は行っていたんだけど、見た目と金はあるから、どうしても引っかかってしまう女性が現れてねぇ……」

アルメ地区で暮らす人間は、現状からの脱却や高みを望む者が多い。貴族の妻になれず愛人だったとしても、アルメ地区で暮らすよりはいい生活ができるはずだと考える女性も少なくないだろう。そこをついて、イマノルが弄《もてあそ》んだのだ。

「スリナッチ家の経済状況はあまりよくないはずなんだが」

「え、そうなの？　被害に遭った女性たちは、プレゼントしてもらったり、いい店に連れて行ってもらったりしたらしいけど……あ、でも手切れ金もなしに捨てるところは、やはりお金がなかったってことか？」

「もしかしたら、俺が把握《はあく》できていない事業とか、金の出所があるのかも知れない。もう少し調べてみるよ」

残りのパンを放り込み、お茶と一緒に飲み込んだヒルベルトは、「ごちそうさん」と言ってカップを机においた。

「イマノルを捕縛《ほばく》することになるのか、現時点ではなんとも言えないが、人道にもとる行為があったというなら、きちんと罰を与えるべきだろう」

食べ終わるなり立ちあがるヒルベルトを見上げて、オーベールは「頼むよ」とうなずく。

「イマノルみたいな行いが罰せられることなく続けば、アルメ地区の人間はアレサンドリ王家に対して不信感を持つようになるだろう。加害者が権力者であれ、被害者が弱者であれ、罰は公平に与えられるべきだ」

「わかってる。そのあたりも含めて、きちんと調べて上に報告しておくよ。じゃ、また近いうちに昼飯持ってくるわ」

「じゃあ、そのときはまたお茶を出すね。今日はごちそうさま」

互いに手を振り合って、ヒルベルトは病院を後にした。イマノルという人物は思いの外《ほか》アルメ地区で有名だった。下手《へた》に聞き込みをしてまわればヒルベルトが目立ってしまうだろうと判断し、今日は城へ戻ることにした。

三日後、ヒルベルトは約束の昼食を持ってオーベールのもとを訪れた。

「で、なにか新しい情報はつかめたの？」

オーベールも約束通りお茶を差しだしながら問いかける。受け取ったヒルベルトは、難しい顔でうなった。

「最近急に金回りがよくなった、という話は聞けたんだが……具体的にどんな方法で金を手に入れたのか、肝心《かんじん》なところは情報屋でもわからなかったみたいだ」

こんなことは初めてだった。情報屋というのは、横の繋がりが広い。自分では調べられなかったとしても、横の繋がりを使って様々な角度から情報を集めるものだ。

情報屋に尻尾《しっぽ》をつかませないなんて、よほど用心深いのかとも考えたが、どうしてもイマノルの人物像と合わない。いい金づるを見つけたのならそれをぺらぺらと自慢しそうなのに。

「本当になにもしていないという可能性はない？　あいつは悪い人間だが、一財産を築けるほどの利口さはないよ」

オーベールの指摘には十分な説得力があった。しかし、ヒルベルトは首を横に振る。

「明らかに、ここ最近は金遣いが荒くなっている。スリナッチ家の財政状況からは、考えられない額なんだ」

状況から鑑《かんが》みるに、密売によって金を得たと考えるのが自然なのだが……それはそれで、密売の関係者が全《まった》く浮かんでこないというのもおかしい。

悩むヒルベルトの隣で、オーベールも腕を組んで考え込む。しばしの沈黙の後、「あ」とつぶやいて顔を上げた。

「もしかして、誰かお金持ちの女性の愛人になったとか？　または貴族の女性をたぶらかして貢《みつ》がせているのかも」

「貢がせる……か」

ここしばらくイマノルの行動を監視してきたが、貴族女性と会っているのを見たことがない。

そこまで考えて、情報屋の言葉が頭に浮かんだ。

『やり方こそ見つけられなかったがな、奴《やっこ》さんがなにかしら金のなる木を手に入れたのは絶対だ。行きつけの酒場で泥酔《でいすい》したときに、得意満面で言ったそうだよ。なにもしなくても金が入ってくるって』

しかし、だれか特定の女性がいるなら、情報屋がそれをつかんでくるはずだ。女性関係の情報といえば、初心《うぶ》そうな女性ばかりを相手にしてとっかえひっかえ遊びまくっているという、オーベールが教えてくれたこととおおむね変わらなかった。

もしや、遊び相手のなかに貴族女性も混じっていて、彼女らから金を吸い取っているとか？

「……なにもしなくても金が入ってくる、か」

「え、なに？」

思わずこぼれたつぶやきにオーベールが反応したが、ヒルベルトは笑顔でごまかした。全幅の信頼を寄せているが、闇雲に情報を与えれば、彼に危険が及ぶかもしれない。これ以上は話すべきではないだろう。

「ま、とりあえず、オーベールが示した可能性も考えてもう少し調べてみる」

食べ終わった包み紙を小さく丸め、部屋の隅に置いてあるゴミ箱へ向けて投げた。きれいな放物線を描きながらゴミ箱の中へ吸い込まれていくのを見届けて、立ちあがる。

「話を聞いてくれてありがとう。迷惑じゃなければ、また昼食を持ってくる」

「迷惑なわけがないだろう。うまい昼食はいつでも大歓迎だよ」

「俺じゃなくて昼食かよ！」とつっこみながらも、ヒルベルトの顔は明るかった。


オーベールと別れたその足で、ヒルベルトはスリナッチ家へむかった。

イマノルのだいたいの行動スケジュールは把握《はあく》している。いまの時間は、まだスリナッチ家でゆっくりしているはずだ。スリナッチ家が古風なのか、それとも純粋に人格の問題か、経済的に困窮《こんきゅう》しているというのにイマノルは働くでも父の仕事を手伝うでもなく日がな一日遊び呆《ほう》けている。いまの時間に屋敷にいるのも、昼近くまで眠っているからだった。

スリナッチ家の屋敷は、王城から遠く離れた貴族街の隅にあった。権力や財力があったり、歴史深い貴族ほど王城の近くに屋敷を構えている。たとえば最も古い貴族と言われるルビーニ家の屋敷は、王城からほど近い位置にあった。

貴族街には、王都に屋敷を構えていない地方貴族が利用する宿がいくつか点在している。そのうちのひとつ、スリナッチ家の屋敷を斜めに見下ろせる位置に建つ宿の一室を借りて、監視していた。

貴族が暮らすにしてはこぢんまりとしたスリナッチ家の屋敷は、ヒルベルトに妙な親近感を持たせた。トゥルムにもそれなりの王城はあったのだが、客人を迎えたり式典を行うための飾りでしかなく、普段は王城の敷地内に立てた別宅で過ごしていた。一般人が暮らす家よりは立派で、豪商が見栄と威厳をかけて建てた豪邸よりは小さいスリナッチ家の屋敷は、ヒルベルトが過ごした別宅と似ていた。

木の温かみを感じる屋敷と、それを囲う緑豊かな庭を見ていると、いまにも扉が開いて妹が飛び出してきそうだ。こういうときに真っ先に妹のことを思い出してしまうのは、彼女が自ら命を絶つ瞬間を目にしたからだろうか。

昔は思い出すたびにヴォワールや無力だった自分に対する憎しみが込み上がってきたけれど、憎悪のマグマがすべてを焼き尽くしてしまったのか、いまはもう虚無感というか、ぽっかりと心に穴が開いているというか――

ただただ、妹はもうここにいないんだなという事実だけが胸にずんと落ちる。

馬のいななきと車輪の音が響いてきて、ヒルベルトはハッと我に返った。

飾り気のない真っ黒な客車をひく、二頭立ての馬車がスリナッチ家の屋敷前に停まった。客車には家紋は飾られていない。どこかの貴族がお忍びで使っている馬車かと考えたが、御者の態度を見てそれはないと判断した。客車へ向けて大声で到着を知らせ、さらに馬車から降りることなく御者台から手を伸ばして客車の扉を開けている。貴族お抱えの御者であれば絶対にありえない行動だ。街を走る辻馬車《つじばしゃ》だろう。

とはいえ、スリナッチ家に客人というのは、ヒルベルトが監視をしていて初めてのことだ。いったいどんな人物が降りてくるのかと、窓から前のめり気味に注目していたら、鮮やかな赤が目に飛び込んできた。

「メ、メラニーさん!?」

小声で叫ぶという器用なことをしながら、ヒルベルトは目をむいた。

どうしてここで彼女が現れるのか――と混乱している間にも、スリナッチ家の屋敷からイマノルが出てきた。

待ちわびていた恋人を出むかえるかのように、小走りでメラニーのもとへむかい、挨拶《あいさつ》をかわすなり、彼女の手をとって甲に口づけを落とした。

で押さえる。

「あぁ?」と、低い声が自分の口から漏《も》れたことに、ヒルベルトは驚いた。思わず、口元を手で押さえる。

いったいこれはどういうことなのか。見たままを素直に受け止めるなら、メラニーはイマノルに会いに来たのだろう。そして、イマノルも彼女を待ちわびていた。なにかの商談、という可能性は捨て置いていいだろう。手の甲に口づけを落とすあたり、女性としてメラニーを見ていることは明らかだ。

「いや、でも……メラニーさんに限って、イマノルとかないだろ。ないない」

メラニーの特殊な趣味を、ヒルベルトはいやというほど目にしている。自分より強い相手でないとそういう対象に見られないのではないか。

だがしかし、メラニーはべたべたとまとわりつくイマノルをいやがらず、笑って好きにさせている。潔癖《けっぺき》というか、隙《すき》のない彼女からは考えられない状況だ。そもそも、メラニーのあんな自然な笑顔を見たのは初めてだった。たいてい、ヒルベルトをあざ笑っているか恍惚《こうこつ》とした笑みをディアナに向けているかのどちらかである。

そこまで考えたとき、ふと、オーベールの言葉がよぎった。

『もしかして、誰かお金持ちの女性の愛人になったとか? または貴族の女性をたぶらかして貢がせているのかも』

「え、貢がせるって……まじで?」

もしかして、もしかするのだろうか。

メラニーに限って、男に貢ぐなんて考えられないけれど。

だがしかし、ヒルベルトは魔術師技能披露会のとき、不審に思っていたのだ。ビオレッタの護衛であるメラニーが、披露会でひとり一般席にいるなんて、普通に考えてありえない。ましてや、超方向音痴《おんち》だというのに単独で行動するなんて。

あれはそもそも、イマノルと会うためにあそこにいたのではないか。

衝撃が、ヒルベルトに走る。

メラニーが異性に対して興味を持つことがあるとは。なにを考えているのかとんとわからない相手だと思っていたけれど、人間らしい部分はあるのだな、と感心し、だからってなにもそこに行かなくていいだろうと頭を抱える。

喜ばしいのか嘆《なげ》かわしいのかわからない感情を自覚すると同時に、たまに顔を合わせる程度の知人の私的な事情を知って、なぜ我が事のように動揺《どうよう》するのかと疑問に思った。

「そうだよ、メラニーさんにはメラニーさんの人生があるんだから。俺には関係ない関係ない」

ヒルベルトが胸に手を当てて自分を落ち着けていると、外のメラニーたちは屋敷へ入ろうということになったらしい。屋敷へ向けて大きく手を仰《あお》いだイマノルが先導するように歩き出し、メラニーもその後に続いた。

と、そのとき、メラニーがこちらを振り返った。

ばちっと視線が合った——と思ったらすぐに前へ向き直り、屋敷の中へ吸い込まれていった。

ヒルベルトが監視していたことに気づいたのだろうか。しかし、メラニーの出現に動揺はしても騒いだりはしなかったし、ここから屋敷まではそこそこの距離がある。視線は感じたかもしれないが、それがヒルベルトであるとは気づかないだろう。

ヒルベルトはほっと息を吐いてうるさい心臓を落ち着かせようとする。

客がやってきたのであれば、しばらくは屋敷から動かないだろう。その間、どうやって時間を潰そうか。宿の喫茶にでも行って休憩するのもいいかもしれない。

部屋からでたヒルベルトは、一階まで降りて喫茶室を目指した。一般的な宿と違い、貴族御《ご》用達《ようたし》の宿は、受付と酒場兼食堂が一階に広がっているなどということはなく、軽食をいただく喫茶室やディナーを用意するレストランなど、それぞれきちんと空間を区切ってあった。

喫茶室へ通じるガラス製の扉の前に立ち、ノブに手をかけたヒルベルトは、そこで動きを止める。

「——〰〰あぁっ、もう！」

うなり声を上げて頭を乱暴にかき乱したヒルベルトは、扉に背を向けて宿から飛び出した。

外へ出たヒルベルトは、スリナッチ家の屋敷前を通り過ぎ、十字路を曲がって裏側に回り込んだ。

ここ数日の調査で、スリナッチ家の使用人の数と行動パターンは把握《はあく》している。経済的に余裕がないため、使用人はメイドひとりに執事がひとり、そして料理人がひとりの三人だけだ。いまの時間は裏庭に誰もいないはずである。

ヒルベルトの身長を軽く越える鉄製の柵《さく》と、同じ高さの生《い》け垣《がき》が、通りと屋敷の境界線を描いている。ざっとあたりを見渡して人の気配がないことを確認してから、ヒルベルトは鉄製の柵に足をかけてひょいと生け垣を跳び越えた。

スリナッチ家の裏庭は客人をもてなす場所ではなく、使用人が仕事をこなす作業場となっている。降り立った場所は物干し場だったらしく、真っ白いシーツやタオルが気持ちよさそうになびいていた。

行動パターンを把握しているとはいえ、想定外の事態もあるかもしれない。大きく揺れるシーツの影に隠れながら、ヒルベルトはあたりの気配に最大限警戒しつつ裏庭を進んだ。

洗濯《せんたく》を干すだけで一杯になる裏庭を突っ切って、屋敷の通用口までたどり着く。木の板をはめ込んで取っ手をつけただけの扉は、端々が痛んで表面がはがれかけており、この屋敷に長く人が暮らしていることを実感させた。

扉に耳をつけて中の音を探る。とくに物音はしなかったため、ほんの少しだけ開いて中の様子を窺《うかが》った。

扉の向こうは洗濯場となっており、洗濯桶《おけ》やアイロンが置いてあった。人影は見当たらなかったため、するりと中へ入る。

廊下《ろうか》へ続く扉へと移動しながら、使用人たちのいまの時間の仕事を思い出す。メラニーが来訪しているから、きっと彼女のおもてなしをしているだろう。となると、料理人は台所にこもることになり、執事が接客を、メイドが台所と客間の往復をしているはずだ。

屋敷を探る絶好の機会だが、メラニーたちの居場所どころか屋敷の見取り図さえ把握できていないため、下手《へた》に動けなかった。台所の位置すらわかっていない状況で歩き回り、メイドと鉢合《はちあ》わせなんてことになったら面倒だ。

かといって、このままおとなしくしている場合ではない。せめてメラニーの無事だけでも確認しておこうと、ヒルベルトは廊下へ続く扉をわずかに開けたところで、気づいた。

「いやいや、ここは調査が優先だろう」

言い聞かせるようにつぶやいて、さらにうんうんとうなずいた。

メラニーはビオレッタやティファンヌを守る仲間ではあるが、家族や恋人ではない。彼女がどんな相手にどんな感情を抱き、どうなろうとも関係のないことだ。彼女が屋敷の人間の注意をひきつけている間に、調査を進めてしまうべきである。

理性がそう告げる一方で、ヒルベルトの良心がそれでいいのか？　と問いかけてきた。

イマノルの女癖《おんなぐせ》の悪さは十分知っている。オーベールが治療せねばならないほどの事態とはつまり、子供を作っておきながら責任をとらなかったということだ。しかもメラニーの場合、ビオレッタの護衛兼侍女《じじょ》としてそれなりのお給金をいただいているはず。それを知ったイマノルが金を巻き上げようと近づいているとしたら。

「いや、だから、金の出所はまだわかってないんだって。貢がせていると確定してないから」

それを調べるためにヒルベルトはここにいるのだ。不確定要素に構っている暇はない。いまはとにかく、イマノルの不自然な金遣いについて調べ――

「なにをなさっているのですか？」

「～～～～～～～～～っ！」

耳元でささやかれ、ヒルベルトは声にならない悲鳴を上げた。振り向けば、相変わらず無表情なメラニーが廊下に立っている。わずかに開いた扉の隙間を挟んで、彼女と対峙《たいじ》した。

「……え、メラニー、さん？　どど、どうしてここに？」

「愚問《ぐもん》です、迷いました」

「迷ったのかよ！　ていうか、いつの間に俺の横に立っていたんですか。まったく気配がしなかったんですけど」

考え事に夢中になっていたとはいえ、気配を探ることは続けていた。誰の気配も感じなかったからこそ、のんびり悩むことができたのだ。

当惑するヒルベルトへ、メラニーはやはり無表情のまま言い切った。

「それも愚問ですね。私は長年、王女様の覗《のぞ》きに付き合ってきたのですよ。気配を消すことくらい、お安いご用です。ヒルベルトだって、王女様と行動を共にするようになって、気配遮断《しゃだん》がうまくなったのではありませんか」

「くっそ、否定できねぇ！」と、ヒルベルトは拳《こぶし》を握った。

「それにしても、ここであなたと会えたのは幸運でした。屋敷の前であなたを見つけたとき、合流できないだろうかと思っていたのです」

「……やっぱ、あのとき気づいてたんですね」

「私は今、一階のテラスにて庭を望みながらお茶をいただいております。使用人はすべてこちらに掛かりきりでしょうから、あなたはイマノルの私室を探ってください」

「ちょ、ちょっと待ってください。それってつまり、メラニーさんはイマノルを調査するために近づいたと？」

淡々と告げられる指示を遮《さえぎ》って問いかければ、彼女はつんと顎《あご》をそらして「他に理由がありますか？」と問い返してきた。もちろん、「ありません」と即答する。

「じゃあ、魔術師技能披露会でイマノルとふたりきりでいたのも、あれも調査の一環ですか？」

「そうです。披露会でイマノルを見かけて、近づくいい機会だと思い追いかけました」

どうやら、魔術師技能披露会の時点で、メラニーはイマノルが密売に関わっているとつかんでいたらしい。

ヒルベルトに指示が出されたのが披露会の後というだけで、それ以前からエミディオはイマノルの調査をしていたのは想像に難くない。だがしかし、だからといってメラニーが知っている理由にならない。

「メラニーさんは、イマノルがなにをしたのか知っているのですか？」

どこまで事情を知っているのかわからない現状で、ぺらぺらと自分の任務を話すべきでないと判断し、一歩一歩探るように問いかけた。

すると、メラニーは視線を落として激情を抑えるように目をすがめ、答えた。

「あの男は……お姉様の周りをうろちょろとつきまとったのです！」

「…………………はい？　え、お姉様って、ディアナ様ですか？」

予想もしなかった答えに面食らいながら、一応の確認をとると、メラニーは「他に誰がいるのですか」と憤慨《ふんがい》した。

「あの男……お姉様に一目惚《ひとめぼ》れしたとか言って、行く先々で待ち伏せしては声をかけてきたそうです。お姉様はすでに結婚して子供もおり、さらには妊娠《にんしん》中だというのに、新しい命を宿すあなたは神秘的な美しさを放っているとかなんとか言って……」

「それはまた……熱烈ですね」

惚れた相手が妊娠すれば、普通はあきらめるものである。それすらも新たな魅力を引き出す刺激となるなら、よほどディアナはイマノルの好みなのだろう。

「身重のお姉様を煩《わずら》わせるなんて、万死に値します。本当に殺すのはお姉様に止められましたので、だったら社会的に抹殺《まっさつ》してやろうと思いまして」

「怖《こわ》っ！　社会的に抹殺とか、怖っ！」

「当然でしょう。お姉様に踏んでもらう権利は誰にも渡しません！」

「なんだよ踏まれる権利って！　誰もいらねぇよそんなもん！」

結局のところメラニーはそこにいきつくのか、と、ヒルベルトはうなだれた。

外見も所作《しょさ》も美しく、仕える相手の考えを正確に読み取って先々に動く優秀な侍女であり、かつ、近衛《このえ》騎士さえも簡単に打ち負かす最強の護衛でもあるメラニーは、その実、筋金《すじがね》入りの被虐《ひぎゃく》趣味だった。

しかも、誰からの痛みも喜ぶかといえばそうでもなく、自分より強く気高い、主と認めた相手――ディアナが与えた痛みのみ喜びと感じるようだ。そもそも、メラニーに傷を負わせられる人間が限られているけれど。

「子を宿すお姉様を見て目を輝かせて……あれはきっと、お腹の赤子の分だけ重くなったお姉様に踏みつぶされる快感を想像しているんですわ！」

「しねぇよ！　というか、重くなったとかそれディアナ様に言っちゃだめですよ、メラニーさん」

女性に対して体型や体重に関することを言うのは控えるべきである――と、近衛騎士の研修『貴族夫人、令嬢との正しい接し方』で教えられた。身重なのだから体重増加は当然のことなのだが、それでも触れるべきではないだろう。

「すでに伝えてあります。身重のお姉様の踏みつけはいつもより重くて刺さります、と」

「言っちゃったんだ……。それで、ディアナ様はなんと？」

「だったら存分に味わいなさいと、私の上で片足立ちをしてくださいました」

「怒ってるじゃないですか！　それ絶対怒ってますよ！」

「そんなわけないでしょう。いつもの優しい笑顔でしたよ」

「恐《こえ》えっ！」

ヒルベルトは両腕で自分自身を抱きしめ、二の腕を撫《な》でさすった。

「そんなことよりも、イマノルです。あの目障《めざわ》りな男をなんとか排除《はいじょ》できないだろうかと探りを入れてみたら、王太子殿下もあの男を探っているじゃありませんか。なんでも、ヴォワールとの密売の仲介役《ちゅうかい》だったとか？」

どうやら、イマノルがどんな嫌疑をかけられているのか、きちんと把握しているらしい。しかし、どうやって知ったのか、肝心《かんじん》なところはわからないままだった。メラニーを常識に当てはめて考える方がバカなのだと、ヒルベルトは早々に気にすることをやめた。

「確信はまだ得ていません。肝心のヴォワールとイマノルの繋《つな》がりが見つけられていないんです」

「だったらいまから見つけてきてください。時間なら、私が稼《かせ》ぎますから」

「ありがたいんですけど……その、メラニーさんは大丈夫ですか？　イマノルのことを調べたのなら、知っているでしょう、あいつの女癖の悪さ」

メラニーは不愉快そうに口元をゆがませ、「知っていますとも」と鼻で笑った。

「身重のお姉様を理想の女神とあがめ奉《たてまつ》っておきながら、見えないところで他の女をたぶらかしていたのです。抹殺案件です」

「どんな案件だよ、恐ろしいな」

さっきはディアナに近づいてくることに腹を立てていたというのに、別の女性によそ見をすればそれはそれで気にくわないとは。つまりはディアナに近づくべきではない、ということか。

いまさらながら、ディアナの夫となったベネディクトの苦労を察する。ふたりが出会った頃はメラニーがヴォワールにいたとはいえ、再会してから一悶着《もんちやく》も二悶着もあったに違いない。

「メラニー様？　そちらでなにをなさっているのですか？」

メラニーの背後から、女性の声が届いた。メラニーの向こう側からなので確認できないが、どうやらメイドに見つかったらしい。ヒルベルトは素早く洗濯場の中に引っ込み、身を隠した。

「なかなか戻ってこられないので、イマノル様が心配しておりましたよ」

「申し訳ありません、迷いました」

「イマノル様のおっしゃるとおり、本当にすぐ迷われるのですね」

わずかに開いた扉から、メイドとメラニーの会話が聞こえてくる。声の雰囲気《ふんいき》から、メイドはメラニーのことを不審に思っていないようだ。イマノルが待つテラスまで案内してくれることになり、ふたり連れだって遠ざかっていった。移動するならいまが好機だ。

そっと扉を開けて廊下《ろうか》に誰もいないことを確認してから、ヒルベルトは洗濯場を出た。壁紙も床もむき出しの木でできている殺風景《さっぷうけい》な廊下は、ここが使用人のみが行き交う空間だからだろう。貴族の屋敷というものは、主や客人が生活する表と、使用人が仕事をこなす裏とに分かれているのが一般的だ。

イマノルの私室は表側にあるはずだ。となると、まずは裏側から出なくてはならない。メラニーが案内されたであろうテラスも表に位置しているので、彼女らの足音が消えていった方向へ移動することにした。

まっすぐ伸びる細い廊下の突き当たり、他の扉と比べると艶《つや》があり手入れが行き届いた扉に行き着いた。扉の向こう側の気配を探ってからわずかに開いてのぞいてみると、階段の裏側に通じていた。淡い緑の壁には絵画がいくつもつり下げられ、窓際には花が生けてあり、足下はタイルで幾何《きか》学模様が描いてある。表側に出てきたと考えて間違いないだろう。

扉から出ると、階段の向こうに玄関があり、廊下や扉がいくつか見えたが、家の者が全員一階にいる状況なので、二階から調べることにした。音を立てないよう階段を上れば、廊下へ続いている。イマノルの部屋がどこにあるのかわからないため、手前から順に調べ始めた。

ひとつ目の扉を開くと、昼だというのに暗かった。カーテンを閉じて、ベッドやダイニングテーブルには布がかけてある。使われていない客間だろう。すぐに閉じて次の扉を開けば、そこも同じような客間だった。

みっつ目の扉を開けて、ヒルベルトは息を呑《の》んだ。

床一面に本やばらばらになった書類が散乱していた。ベッドは切り裂かれ中の綿が飛び出している。執務机の引き出しはすべてひっくり返され、唯一傷ひとつなかったカーテンが、大きく開いた窓から吹き込んでくる風で揺れていた。

「どういうことだ、これは……」

散らかしている、なんて生やさしいものではない。これは誰かが荒らした後だ。

いったい誰が、いつの間に部屋を荒らしたのか。

犯人の目的はなんなのか。そして、いま、どこにいるのか。

どくどくと、心臓の音が耳につく。指先が冷える感覚を覚えながら、ヒルベルトは必死に考える。

「いやあぁ――――！」

悲鳴が聞こえた。と同時に、ヒルベルトは窓へと駆け込んで外を見た。窓から望《のぞ》める庭は前庭ではなく側庭で、テラスにいるというメラニーたちの姿はない。

「――っくそ！」

来た道を戻っている暇はないと判断したヒルベルトは、窓枠《まどわく》に片足を引っかけて飛び出した。空中でうまくバランスをとり、見事着地するとほっとする間もなく駆ける。

スリナッチ家の前庭は、ルビーニ家のような広大さこそないものの、生《い》け垣《がき》でいくつかの区域にわけ、それぞれ趣《おもむき》の違う庭がしつらえてあった。つまり、見通しが悪いのである。

手前から順番に生け垣に飛び込んではメラニーがいないか確認し、誰もいないとわかるなり横切って真向かいの通路から別の庭へと移動する。

三番目の庭を通過したとき、奥の方から金属音が聞こえてきた。走る速度を上げてもうひとつ庭をぬけると、草花に埋め尽くされた庭に出た。他の庭と違って木は植えておらず、通路や屋敷の窓から繋がるテラスを残してすべての地面をうっそうと生い茂る草花が覆《おお》っている。自然のまま極力手を入れていないようで、暖かでどこか懐かしくも感じる庭だった。

しかし、いまやのびのびと生えていたであろう草花は踏みにじられ、テラスには倒れた家具と砕《くだ》けた食器が散らばっている。

そしてヒルベルトから見て左の隅、生け垣の角には、イマノルとふたりの使用人が震えながら身を寄せあい、そんな彼らをかばうように、メラニーが棍棒《こんぼう》を構えて立っていた。

「メラニーさん！」

三人の刺客《しかく》がメラニーたちを追い詰めている。そう認識した瞬間、ヒルベルトは叫んでいた。

その声に反応したのはメラニーだけでなく、三人の刺客の中央、彼女とにらみあっていた刺客もはじかれるようにこちらを向いた。

頭に布をまいて目元以外を隠しており、刺客がどんな顔をしているのかわからない。けれどなぜだろう、目が合った瞬間、心臓がどきりと跳ねた。

向こうも同じ心地だったのだろうか。振り返った犯人がわずかに身をこわばらせたように見えた。その隙《すき》を逃さず、メラニーが棍棒を突き出す。

重たい金属音を響かせて、刺客が剣で棍棒を受け止めた。まさかあのタイミングの突きを受け止めるなんて――驚くヒルベルトと違い、メラニーの表情からは苛立《いらだ》ちが見えた。

刺客が力任せに棍棒を払いのけ、メラニーが後ろへ大きく後退させられる。その隙に、刺客たちは退却した。

「待て！」

ヒルベルトが慌てて追いかけ、メラニーも後についてくる。刺客たちが屋敷の外へ通じる生け垣を跳び越えていくのを見て急いでよじ登ったものの、その先に待っていたのは猛スピードで遠ざかっていく馬車の後ろ姿だった。

「くっそ、逃がした！」

逃走用の馬車を用意しておくなんて、なんと周到な刺客か。

「逃げられましたか」

足下から声をかけられて振り向いたヒルベルトは、生け垣に手をかけることすらせず立ち尽くすメラニーを見て、違和感を覚えた。いつもなら真っ先に生け垣を飛び越えていきそうなものなのに——そう考えて、気づいた。力なく垂れ下がる彼女の左腕の指先から、血が滴《したた》っていることに。

「メラニーさん、怪我《けが》されたんですか!?」

生け垣から飛び降りたヒルベルトが問いかけると、メラニーは傷ついた腕を隠すように一歩退いて「心配ありません、かすり傷です」と答えた。

「地面に雫《しずく》が落ちるほど出血しているんですよ。かすり傷なんかじゃないでしょう！　とにかくいまは止血して、きちんとした手当てを受けに行きましょう」

「必要ありません。いまはそれよりも、イマノルを確保する方が先です。さっきの刺客たちはイマノルを狙っていました。口封じしようとしたのでしょう。つまり、イマノルは黒だということです」

ヒルベルトは荒らされたイマノルの私室も見ていた。口封じしようとした刺客たちが、証拠をイマノルの私室から持ち去ったと考えて間違いないだろう。

身の危険を実感し、かつ、自らの悪事がばれることを恐れたイマノルが身を隠してしまうかも知れない。そうなる前に、彼の身柄を確保してしまうべきだろう。状況証拠は揃《そろ》っているのだ。イマノルの性格から考えるに、少し脅《おど》せば白状しそうな気がする。

だがしかし、ヒルベルトはイマノルのもとへは戻らず、いまだ動けないでいるメラニーの左腕をつかんだ。

「――――っ！」

声にならない悲鳴を上げて身体《からだ》をこわばらせるメラニーにいまは目をつむって、ヒルベルトは腕を軽く持ち上げて傷口を確認した。二の腕部分に、縦に長い傷がぱっくりと開いていた。

「やっぱり……結構な傷じゃないですか」

「傷口は大きいですが、深さはそれほどでもありません。私のことはいいと言っているでしょう。早く、イマノルのところへ――」

「黙ってください。俺はいま、あんたの指図を受けるつもりはない」

はねのけるように言い放って、ヒルベルトは自分が身につけるシャツの袖《そで》を引きちぎった。輪になっているのを裂いて一枚の布にすると、メラニーの傷ついた腕に巻き付ける。強めに引き絞《しぼ》ってから縛《しば》って止めた。

「とりあえず応急処置なんで、すぐに城に戻ってしかるべき処置を受けてください。刃に毒が塗ってあったらことですからね」

「毒があれば、すでになにか変化があるはずです。なにもありませんよ」

「遅効性の毒だったらどうするんだ」

「そのときはそのときです。イマノルの確保は国防の観点から必要なこと。私の命より優先されるべきです」

「国を守るために命をかけるのは、俺たち騎士の仕事だ！　あんたは騎士じゃない！」

自分でも驚くほど強い声が出た。やり過ぎたと思ったが、メラニーに対して腹を立てているのは本当だ。

素直に謝る気にもなれなくて視線をそらすと、「私は……」とメラニーが口を開く。視線を戻せば、怒るでも無関心でもない、ひたむきな視線とかち合った。

「私は、ヴォワールからやってきた人間です。アレサンドリのために命をかけるといっても、信用などできないのでしょう。ですが、私が唯一の主と認めたお姉様が、この国で生きると決めました。ですから私は、アレサンドリを守ります。たとえ騎士でなくとも、命に替えてもこの国を守ります」

十年ほど前ヴォワールで起きた政変で、ディアナはアレサンドリへ落ち延びた。大切な家族を失い、故郷を追われた境遇はヒルベルトと同じ。いや、仲間もなくただひとり生き延びたディアナが味わった絶望は、比べることすらおこがましい。

過酷《かこく》な人生を歩んできたディアナがやっと手に入れた穏やかな日々を、メラニーが守りたいと思う気持ちは十分に理解できた。

ただひとりの主と定めておきながら、彼女を守れなかった過去があるだけに、なおさら必死になってしまうことも。

「……わかりました。じゃあ、さっさとイマノルを確保して城へ戻りましょう。城の騎士に引き渡せば、ちゃんと治療を受けてくれるんでしょう」

込み上がってくるなにかを必死に抑えてヒルベルトが告げると、メラニーはほのかに喜色《きしょく》を浮かべて「はい」と返事をしたのだった。


テラスまで戻ってきたヒルベルトは、予想だにしない事態に襲われた。

「た、たたたす、助けてくれぇ！」

逃走しているかもしれないと危惧《きぐ》していたイマノルがいまだ庭の隅っこに座り込んでおり、ヒルベルトを見るなり四《よ》つん這《ば》いで近寄ってきて、助けを請《こ》うたのだ。

「誰かが俺の命を狙っている！　あんた騎士なんだろう。だったら俺を助けてくれっ、守ってくれよ！」

ヒルベルトとメラニーは事態がうまく呑《の》み込めず、顔を合わせる。だが、イマノルに逃走の意志がないのは好都合だ。保護の名目で彼をスリナッチ家の馬車に放り込み、城へ向かうことにした。

馬車で移動する間も、イマノルはひどくおびえていた。座席の上でなるべく身を縮め、窓に近づくことすらできないでいた。馬車が大きく揺れるだけでびくつく始末である。

「……なあ、あんた。どうして命を狙われたんだ」

ヒルベルトがそれとなく探りを入れると、イマノルは血走った目でにらみ、声を震わせて答えた。

「そ、そんなの、知るか！　おお俺は、命を狙われるようなことはしていない！」

「……ほんとかよ」と、つぶやいてしまったのは致し方ない。

十中八九、密売の口封じで命を狙われたのだろうが、それがなくとも、たくさんの女性を傷つけてきたイマノルは遠くない未来で命を狙われたのではないか。

疑惑の目を向けたのだが、当のイマノルは命を狙われたという事実だけですでにいっぱいいっぱいとなっており、なにを言っても響きそうになかった。


王城まで無事にたどり着いたヒルベルトは、いまだ混乱の境地にいるイマノルを騎士に引き渡し、メラニーを医務室へと連れて行った。

幸いなことに刃に毒は使われておらず、傷自体も浅いため全治七日と診断された。

「大事にいたらず、よかったです。でも、傷がふさがるまでは護衛の仕事はお休みですね」

ほっと胸を撫《な》で下ろすヒルベルトへ、メラニーは「心配いりません」と答えた。

「右手一本あれば、誘拐犯《ゆうかいはん》になってしまった護衛騎士を倒せます」

先ほどまでみせていた顔が嘘のように、もとの無表情で言い放つ。

確かに、メラニーの強さであれば冷静さを失っている騎士くらい片手で倒してしまえるだろう。だが、そういう問題ではない。

「怪我をしたときくらい、休んでください。巫女様の周りには俺たち近衛《このえ》騎士がいるんですから」

「誘拐犯になる可能性を秘めた近衛騎士を、どうして信用できると？」

「まぁ、その通りなんですけど……」と、ヒルベルトは口元を引きつらせた。が、すぐに立て直してメラニーを真正面から見据える。

「俺やレアンドロ様を含めた精鋭は、誘拐犯になりません。万が一のときは俺が止めますから、メラニーさんは傷を癒《いや》すことに専念して――」

「無理です」

言い終わらないうちに否定され、ヒルベルトは目を丸くして「は？」と間抜けな声を漏《も》らした。

そんなヒルベルトを、メラニーは斜《しゃ》に構えて見下ろした。

「私に勝てない人間を、どう信用しろというのですか。あなたがなんと言おうと、私は私の役目をまっとうします。では、失礼いたします」

音もなく立ちあがったメラニーは、手当てをしてくれた医者に深々と頭を下げて挨拶《あいさつ》してから、ヒルベルトへ一瞥《いちべつ》もくれてやることなく医務室をあとにした。役目を終えた医者も、次の患者が待っているのかさっさと部屋を出て行ってしまう。

取り残されたのは、「は?」と漏らした表情のまま固まる、ヒルベルトひとり。

「………………ぁぁぁああああ! その通りだけど、その通りなんだけどっ、もっと他に言い方があるだろうがあああぁぁぁっ!」

頭を思い切りかきむしりながら、腹の底から叫んだのだった。


明くる日の朝、エミディオの執務室へ呼び出されたヒルベルトは、イマノルが取り調べで密売の関与を否定したと聞かされて思わず顔をしかめた。

「全面否定、ですか?」

目の前のエミディオとレアンドロが、さもありなんとばかりにうなずく。

「自分は密売なんて知らない。その一点張りだ」

「じゃあ、紹介状は?」

「見知らぬ男に頼まれて、署名したそうだ」

エミディオの説明に、ヒルベルトはこらえきれず「はぁ?」と声を漏らし、慌てて口をふさいだ。王太子相手にありえない態度であるが、エミディオは「気にするな。私もお前とまったく同じ心境だからな」と許した。隣のレアンドロも大きく二度うなずき、続きを受け持つ。

「アルメ地区の酒場で飲んでいたら、商人ふうの男がよってきて、名前を貸してほしいと言われたらしい」

「名前を、貸す？　それが、紹介状の署名ということですか？」

「そうだ。貴族との取引には、貴族の信用がどうしても必要だと頼まれたと証言している。なんでも、謝礼として定期的に金を受け取る約束をしたそうだ」

「実際に、金は手に入ったと言っている。金遣いが荒くなった時期とも符合していた」

ヒルベルトはふと、情報屋の言葉を思い出した。

定期的に金が入ってくる――イマノルは周囲にそう自慢していた。けれど具体的な話を一切しなかったのは、隠していたのではなく、なにも知らなかったから。そう考えると、つじつまは合う。

また、金回りは良くなったのに、怪しい交友関係やつながりが浮かんでこなかったことも、名前だけ貸して密売に関わっていなかったからと考えれば、納得できた。

「殿下やレアンドロ様は、イマノルの証言を信じるのですか？」

ヒルベルトの問いに、ふたりは渋面《じゅうめん》を浮かべて押し黙った。しばしの沈黙を破ったのは、エミディオだった。

「どちらとも言えない。証拠だけを見れば、イマノルが主犯で間違いないがな」

「証拠？　なにか新しい証拠が出たのですか？」

「イマノルの私室を捜査したところ、ヴォワールの商人との契約書が見つかった」

「あの、荒らされた部屋から？」と目を丸くするヒルベルトへ、レアンドロは「そうだ」と答える。

「散乱した書類の中から一枚だけ見つかった。おそらく、回収漏れだろう」

「回収漏れ？」

そんなこと、あるのだろうか。逃走用の馬車を用意する周到さを持つ輩《やから》なのだ。証拠品の回収漏れがないよう、枚数の確認ぐらいしそうである。ヒルベルトが途中で乱入したせいで確認できなかった可能性もあるが、部屋の雰囲気《ふんいき》から察するに、人がいなくなってそれなりの時間が経っていたように思う。

エミディオは執務机に一枚の紙を広げる。そこには、武器密売の仲介《ちゅうかい》と報酬《ほうしゅう》に関する契約と、イマノルともうひとり署名があった。

「このもうひとつの署名は？」

「イマノルは知らないと言っているが、文書の内容から考えるに、密売に関わったヴォワールの商人、ということになるな」

ヴォワールの商人であれば、密売がばれた時点で雲隠れしているだろう。または、イマノルのように消されているか。

「ただ、この契約書を見せてもイマノルは自供しない。こんなもの知らないの一点張りだ。愚かにもまだ逃げられると思っているのか、それとも、本当に利用されただけなのか……判断に苦しむな」

あごに手を添えて、エミディオは低くうなった。レアンドロも同じように難しい表情でうなずき、ヒルベルトを見据えた。

「ヒルベルト、イマノルの証言の裏をとってきてくれないか」

「レアンドロ様は、イマノルがはめられたと？」

「私個人の正直な感想を言えば、イマノルに武器密売のような悪巧みができるとは思えん。誰かにはめられたと考える方がしっくりくる」

レアンドロのはっきりとした否定に、逡巡《しゅんじゅん》をやめたエミディオもうなずいた。

「私もそう思う。イマノルのように見栄っ張りで物事を深く考えない即物的な男は、罪を着せるのにうってつけの人間だろう」

「俺もそう思います。なんだか、すべてがあっさり終わりすぎている。まるで、お膳立《ぜんだ》てされたみたいだ」

ヒルベルトが胸にくすぶる疑惑を口にすれば、エミディオが「なるほど、お膳立てされているか。まさにその通りだな」と納得した。

「イマノルから名前を借りた商人について、なにかわかっていることはあるんですか？」

なかったそうだ」

「商人とは紹介状や契約書に名前を書いたときをのぞいて、金を受け取るときしか顔を合わせ
「金はどうやって受け取っていたのですか?」

「それがな、適当な酒場で飲んでいるときにふらりと現れて、金を置いてさっさと去って行ったらしい。出会う酒場はどれも別の店で、関連性はなかった」

「つまり、イマノルから商人へ接触する方法はなかったと」

「それだけでなく、イマノルは監視されていた可能性が高い」

「だったら、俺が調査していたこともつかんでいたかもしれないですね」

ヒルベルトが懸念《けねん》を口にすると、エミディオは肩をすくめた。

「お前に限って、そう簡単にばれるとは思わないが、絶対にないとは言い切れないな。ただ、メラニーがイマノルのもとを訪れることは、把握《はあく》していたのではないかと思う」

「つまり、メラニーさんと一緒にいるところをあえて狙ったと? いったい、なんのために?」

まるでメラニーの命が狙われたようで、ヒルベルトの声音《こわね》が強くなる。それを押しとどめるように、レアンドロが「証人だ」と答えた。

「イマノルが刺客《しかく》に襲われ、殺された。そう我々に証言させるために、メラニー殿が一緒にい

るところを狙った」

「メラニーが証言すれば、なぜ殺されたのか調べるだろう。そうして荒らされた私室に気づき、さらに契約書まで見つける。完璧《かんぺき》な筋書きだ。だが、ひとつ誤算があった」

「メラニーさんが、刺客相手に立ち回れる実力者だったことですね」

「その通りだ。だが、刺客の中にもすご腕がいるようだな。あのメラニーに怪我《けが》を負わせるなんて」

そう言うエミディオの声には、敵のことだというのに賞賛する響きがあった。それだけ、メラニーの強さはぬきんでていた。

「あの、メラニーさんなんですけど……結局今日も巫女様の護衛を？」

ヒルベルトのおずおずといった問いに、エミディオはため息交じりに「そうだ」と首を縦に振った。

「傷が癒《い》えるまでは休むよう私も言ったのだがな。仕事に支障はありませんから、と聞かなかった。事実、片手であろうと彼女の実力なら理性を失った騎士ぐらい簡単に御《ぎょ》せるだろうよ」

エミディオの指摘に、レアンドロが「面目ございません」と頭を下げる。ヒルベルトも敵《かな》わない騎士のひとりなので、一緒に頭を下げた。

「服で隠れているとはいえ、ビオレッタも事情を知って心配している。休んでくれた方が、こちらとしても安心できるというのに」

「ディアナ様からおっしゃってくださったら、彼女も素直に休むのでしょうね」

レアンドロの言葉を聞いて、エミディオが「あ、そうだった」とうつむいていた顔を上げた。

「ディアナさんといえば、ヒルベルトに礼がしたいと言っていたぞ。この後、叔父上《おじうえ》の家へ寄ってくれるか」

「え、そんな礼を言われるようなことはしていないんですけど」

「怪我をしたメラニーを医務室へ連れて行っただろう。素直に手当てを受けることすら珍しいそうだ」

それはそもそも怪我をすることが滅多《めった》にないからだろうか。それとも、怪我をしても医者に診《み》せず自分で手当てしてしまうのだろうか。

どちらとも判断がつかなくて、ヒルベルトは強い疲労感を覚えた。

「わかりました。じゃあ、調査に出る前に王弟殿下の屋敷に立ち寄らせていただきます」

「あぁ、よろしく頼む」と答えるエミディオに騎士の礼を返して、ヒルベルトは執務室を後にしたのだった。

王弟ベネディクト・ディ・アレサンドリの屋敷は、貴族街の中でも真ん中より少し王城に近いあたり。貴族としての歴史は浅いが、そこそこの権力を握る一族が居を構える区域だった。

王城からは少し距離があり、街の中心から少し離れる分静かで過ごしやすそうな場所である。

王族から臣下に降《くだ》ったとはいえ、王弟が暮らす屋敷である。王家の品格を失わないよう、敷地面積は当然のこと、建物も大きく立派だった。

どっしりと腰を据えて建つ石造りの屋敷からは、とんがり帽子を被《かぶ》った尖塔《せんとう》がいくつか突き出している。屋敷というより、王族が旅行先で過ごすために建てた城のようだった。

来訪を告げるヒルベルトを迎えたのはメイドだった。実はメラニーもこの屋敷で暮らしており、もしも夜に訪ねていたのなら、彼女に出むかえられただろう。

昼間はビオレッタの護衛兼侍女《じじょ》を務め、夜は夜でディアナのために働く。いったいいつ休んでいるのだろうと心配になったが、相手はメラニーなので気にするだけ損だと深く考えないことにした。

「わざわざ呼びだてしてごめんなさいね、ヒルベルト。なにぶん、こんな身体《からだ》だから、周囲が気にしてあまり出歩けないのよ。もう臨月《りんげつ》に入るのだから、神経質になる必要はないと言っているのだけど」

案内された部屋では、すでにディアナがお茶の用意をして待っていた。ゆったりとしたデザインのドレスの上からでも、膨らんだお腹がよく目立つ。

周りが心配してしまう気持ちも十分理解できたため、ヒルベルトは「気にしないでください」と微笑《ほほえ》んだ。

ヒルベルトが案内された部屋は、近しい友人と談笑するための応接間なのか、ソファとローテーブルのセットと、ダイニングだけで一杯になるこぢんまりとした部屋だった。部屋の美術品は落ち着いた趣《おもむき》のものでそろえてあり、ガラス製の棚《たな》にはグラスと酒瓶《さかびん》が飾ってあった。

ディアナが立つのはダイニングそばのティーワゴンの前だった。促されるまま、ヒルベルトはダイニングの椅子《いす》に腰掛ける。

「ミルクと砂糖はどれくらい必要かしら」

「あ、いえ、ストレートでいただきます」

「そう」と答えて、ディアナは紅茶を注いだカップをヒルベルトの前に置いた。その後、自分の分も淹《い》れ始める彼女を何気なく観察していて、衝撃を受けた。

カップにミルクを入れて紅茶を注ぐまではいい。問題はその後で、小さなスプーンに山盛りにした砂糖を、一杯、二杯、三杯――入れたあたりで、ヒルベルトは胸焼けを覚えて目をそらした。

しばしの間の後、ディアナが椅子に腰掛けた。かき混ぜたのか、カップの中身が渦《うず》を描いている。涼しい顔でもともとは紅茶だったクリーム色の液体を口に含んだ彼女は、「うん、おいしい」と微笑んだ。意外にもディアナは極度の甘党だったらしい。

「お茶菓子も、ぜひ召し上がってね。メラニーが作ったのよ」

「メラニーさんが、ですか?」

皿に盛られたのは、一見すると少し大きめのクッキーだった。極度の甘党であるディアナのための菓子と思うと、不安しかない。しかし、おそるおそるかじってみれば、ほろりと崩れるクッキーの中から、酸味のきいたベリーのコンフィチュールが広がった。口いっぱいにあふれるアーモンドの香りとバターの甘みを、コンフィチュールの強めの酸味がさっぱりさせている。しっかり甘いのにくどくなくて、ついつい食べ過ぎてしまいそうな一品だった。

優秀な侍女であることは知っていたが、菓子を作れるとは思わなかった。どうしても、棍棒《こんぼう》を振り回している印象が強すぎて、台所に立つ様子が思い浮かばない。

「うふふっ。意外だって顔をしているわね。あの子は料理も針仕事も洗濯《せんたく》だってできてしまうのよ。むしろできないことの方が少ないんじゃないかしら」

「そんなに、ですか？　いったいあの人は何者なんです？」

「普通の人間よ。だた、ちょっと凝《こ》り性というか、主《あるじ》と定めたわたくしのすべてを、自分で完結させたいのよ」

すべてを自分で完結させるとはつまり、身の回りの世話はもちろんのこと、食事の用意や洗濯といった使用人が行う仕事もこなしたいということか。発想にも驚かされるが、ある程度実行できつつある事実に、乾いた笑いが漏《も》れた。

「あの……メラニーさんは、どうしてそこまでディアナ様を慕《した》っているのですか？」

メラニーのディアナへの忠誠は、執着というか、崇拝《すうはい》に近い域に達している。死んだと思っていた主が生きていたと知り、いろんな感覚が振り切れてしまった——という要因もあるのだろうが、それだけではないように思う。

ディアナはわずかに視線を落とし、メラニーが作った菓子を味わってからヒルベルトを見据えた。

「あの子がもともと、伯爵令嬢だったことは知っているわよね。実は、次期当主の妻にとたくさんの縁談が舞い込むほどに、優秀だったのよ」

ヴォワールという国はとにかく強さを美徳とする。それは女性に対しても当てはまり、幼い頃より格闘の才能を開花させていたメラニーは、結婚などまだまだ考えられない年齢から、引く手数多《あまた》だったそうだ。

「でもね、どの家の跡取りと顔合わせしても、あの子ったら誰に対しても興味を見せなかったのよ。それどころか、両親や家庭教師の言うことすら聞かなかった」

「それって、つまり、わがまま的な？」

「わがままというより、周りを見下しているというか、自分と同列とは見なしていない感じだったわ。親も家庭教師も、みんなあの子よりも弱かったから」

「あぁ……俺も、自分より弱いくせに指図するな的なことを言われました」

「ちなみに、両親がメラニーを御《ぎょ》せなくなったのは九歳ぐらいよ」

「まさかの九歳!?」

「それで、ほとほと困り果てた両親が、わたくしのもとへあの子を連れてきたのよ。わたくしなら、あの子を倒せるのではないか、と望みをかけてきたみたい」

「……勝ったんですね」と、口元をひきつらせつつ確信を持って問いかければ、ディアナはにっこりと笑った。

「あの子はね、自分より強い相手を求めていたの。そうして最初に出会ったのがわたくし。だから、あの子がわたくしに常軌を逸して尽くすのは、刷《す》り込みのようなものなのよ」

「……刷り込みだっていうなら、どうして、独り立ちさせようとしないんですか？」

ディアナは菓子を選ぼうとうつむけていた視線を、ヒルベルトへと向ける。瞬間、のど元に刃を突きつけられたような圧力を感じたが、ぐっとこらえて見返した。

「メラニーさんは時々、自分の命に対する執着がとても薄くなるときがあります。あなたの望みを叶え、憂《うれ》いを晴らすためなら、命など惜しくはない。そう迷いなく言い切っているのを何度も見たことがあります」

ヒルベルトは、そういう瞬間のメラニーが大嫌いだった。

失った命は還《かえ》らない。だからこそ、ぎりぎりまであがき続けるべきだとヒルベルトは思う。

「俺は、忠義のために命を使い捨てるよりも、忠義を貫きながら命を使い切ってくれる方がうれしいです」

自分を生き残らせるためにたくさんの命を使った。だからこそ、余計に思う。

もう、誰も、自分のために死んでほしくない——と。

カップをソーサーに戻したディアナは、両手を膝の上にのせ、遠くを見つめながら「そうねぇ」と微笑む。

「たったひとり生き残ったところで、つらいだけですものね。わたくしも、フェリクスがいなければさっさと命を絶っていたと思うわ」

「……すみません。辛《つら》い過去を思い出させて」

「いいのよ。だって、いまのわたくしは幸せだもの。逃がしてくれた人達も、きっと喜んでくれているわ。でも……そうね、あなたの言うとおり、メラニーのことは気にかけているのよ」

ディアナは優しい笑みを浮かべて、自分の皿に残る菓子を指先で撫《な》でた。まるで、愛《いと》しい我が子が初めて作った菓子を喜ぶ母のようだった。

「たとえばわたくしがメラニーとの主従を破棄《はき》したとして、それはあの子を解放したことにはならないでしょう。生きる意味を奪うだけだわ。あの子はね、なんでもできるの。すべてが自分の中で完結できるから、どうしても視野が狭くなる。わたくしに初めて負けたとき、さぞ驚いたことでしょうね」

「だからこそ、あなたに並々ならぬ執着を？」

「そうね。それだけじゃなく、わたくしを介して、メラニーの世界は広がったと思うわ。でも、相変わらず狭いのよ。だからあなたの指示を聞いて手当てを受けたと聞いたとき、とっても驚いたの」

　そこまで驚くことだろうかと、ヒルベルトは首を傾《かし》げた。

　ディアナはどこか誇らしげな顔でうなずく。

「わたくしと関係ない人の指示を聞いて、メラニーが自分の意志を曲げるなんて初めてのことよ」

「いやぁ……あれはお互いに譲歩《じょうほ》しただけというか……」

「譲歩でもすごいことなのよ。だって、無視すればいいだけなんだもの。あの子には、それだけの力がある」

　確かにその通りかも知れない。ヒルベルトは口をとがらせてうなる。

「わたくしはね、メラニーの視野を広げたいの。でも、安易に主従契約を切ろうとすれば、道しるべをなくしたあの子が暴走するだけだわ。あの子が自分で新しい世界を見つけないと」

「新しい、世界……」

「あなたには期待しているわよ、ヒルベルト。この調子で、あの子を翻弄《ほんろう》してちょうだい」

「翻弄って……むしろ俺の方が振り回されているっていうか……」

　期待されても困ると反論してみたものの、ディアナはにこにこ笑っていた。

　その後は和《なご》やかな空気の中で他愛《たわい》のない話をしながらお茶と菓子を味わった。ディアナはお茶のおかわりを勧めてくれたが、仕事の途中でぬけてきたと伝えておいとますることにした。

「ちょっと待ってくれるかしら。お菓子を包むから、持って帰りなさい」

ディアナが合図を送ると、部屋の隅に控えていたメイドが紙袋にお菓子を詰め始めた。同僚に配れそうな量を入れた袋を、ヒルベルトへ差しだす。

「ねぇ、ヒルベルト。あなたは騎士だけど、必ずしも剣で戦う必要はないと思わない？」

突然すぎる話題に面食らうヒルベルトへ、ディアナは紙袋を押しつけるように握らせる。そして、もう話は終わりとばかりに手を振った。

こうなってしまっては、ヒルベルトにここに残る権利はない。ディアナがなにを言おうとしていたのか理解できないまま、ヒルベルトはベネディクトの屋敷を後にしたのだった。


王城まで戻ってきたヒルベルトは、少し身体《からだ》を動かしておこうと騎士棟の訓練場へ向かった。

イマノルの調査を命じられているヒルベルトは、ビオレッタの護衛から外されて比較的自由に時間を使える。普段からティファンヌの警護やエミディオのお使いでビオレッタの警護から外れているため、周りが怪しむことはなかった。

訓練場に入ったヒルベルトは、そこで意外な人物と遭遇《そうぐう》した。

「え、メラニーさん、なにしてるんですか？」

「甘ったれな騎士の根性をたたき直しています」

気絶した騎士を踏みつけながら、相も変わらぬ淡々とした声でメラニーは答えた。足下の騎士はヒルベルトと同じビオレッタ付き近衛《このえ》騎士だ。ビオレッタの美貌《びぼう》を前に理性を失い、誘拐《ゆうかい》犯《はん》となってしまったのだろう。

「……本当に、片手一本で騎士に勝ったんですね」

「当たり前です。道を踏み外しかけた騎士へのお仕置きも、きっちりこなしました」

踏みつける足に一度体重をかけてから、メラニーは騎士を解放する。途端、どこに控えていたのか同僚騎士が数人わき出てきて、無言で気絶したままの騎士を運んでいった。

メラニーの苛烈《かれつ》なお仕置きに恐れをなしたのか、訓練場には他に誰の姿もない。昼過ぎのこの時間、いつもなら誰かが剣を振っているはずなのに。

手が空いている人に手合わせしてもらおうと思っていたヒルベルトは、どうしたものかと考えて、目の前のメラニーと目が合った。

「よければ、手合わせしましょうか？」

思わぬ申し出に、ヒルベルトは両手を突き出して頭と一緒に横に振りまわした。

「いやいやいや、メラニーさんは怪我《けが》をしているんですからね。手合わせは、手の空いている騎士に頼みますから」

全力で遠慮《えんりょ》すると、メラニーは目を細めてねめつけてきた。

「私では、力不足だと？」

「そんなこと言ってませんよ。ただ、せっかく手合わせするなら、全力のメラニーさんとやりたいんです」

「ヒルベルト相手に、全力など必要ありません」

言うなり、メラニーは棍棒《こんぼう》を縦に振り回した。ヒルベルトは慌てて距離をとる。

「確かにその通りかもしれないけど……心配くらいさせてくれたっていいじゃないですか！」

「私よりも弱い相手に心配してもらう必要などありません」

振り下ろした棍棒を、斜めに突き出す。一段目は避けられたが、二段目の攻撃をかわせないと判断したヒルベルトは、腰に提げる剣を抜いて受け止めた。そのままなし崩し的に始まった手合わせは、やはりというべきか、メラニーの勝利だった。

横っ面《つら》に重い一撃を食らったヒルベルトが、無様《ぶざま》に倒れ込んだ。それを見下ろすメラニーは、ふんと鼻を鳴らして言う。

「弱いくせに、偉そうな口をたたかないでください」

突き放すような言葉に、ヒルベルトはうつぶせた格好のまま食い下がった。

「どうして、ですか。心配くらい、させてくださいよ。俺たち、仲間でしょう」

メラニーは極限まで目を見開くと、「はっ……」と、ゆがんだ笑みを浮かべた。

「私とあなたが仲間だなんて、なにをバカなことを。あなたは私より弱い。つまり、あなたは私に守られる人間なのです」

今度はヒルベルトが目をむいた。弱い弱いとののしられ続けていたけれど、まさか、仲間と認識してもらえていないなんて。

衝撃のあまり言葉を失うヒルベルトを冷たく見下ろすメラニーは、それ以上なにも語らず背中を向け、訓練場を去って行った。

ひとり取り残されたヒルベルトは、いまだ痛みの残る身体を無理矢理動かして仰向《あおむ》けになると、「ああ〰〰〰」と声を漏《も》らしながら両手で頭をかきむしった。

「なんなんだよあの人は。俺が翻弄しているなんて絶対嘘だろ。そもそも認めてすらもらえてないっつの！」

どんなに憎まれ口をたたいても、仲間として信頼を寄せてくれていると思っていたのに。

「くっそ、悔《くや》しい……、めちゃくちゃ悔しいなぁ、おい」

足で反動をつけて勢いよく起き上がったヒルベルトは、胸にあふれる腹立たしさを鼻息とともに外へ放り出す。

「見てろよ……絶対勝ってやるからな！」

地面にむかって吐き捨てて、ヒルベルトは少し離れたところに転がる自分の剣を拾いに行ったのだった。

その日から、ヒルベルトはビオレッタの護衛とイマノルに罪をなすりつけた犯人の調査に加え、合間の時間を見つけては剣の特訓をした。レアンドロといった隊長格の騎士に頼み込んでは稽古《けいこ》をしてもらい、部隊内での手合わせなどで成果を実感するようになった。

そんなとき、また同僚のひとりが誘拐犯となってしまい、お仕置きのためにメラニーが訓練場へ現れた。

「メラニーさん、手合わせしてください！」

誘拐未遂《みすい》を犯した騎士を踏みつけているところへ手合わせを申し込むと、彼女はそれはそれは面倒そうな顔をした。

「……物好きな方ですね。もしかして、同類ですか？」

「残念ながら、俺に被虐《ひぎゃく》趣味はありません。ただ単に、あなたに勝ちたいんです」

「ほう……」とつぶやいて、メラニーは見極めるようにヒルベルトをにらんだ。

「でしたら、こちらも手加減なしでお相手いたしましょう」

踏みつける騎士から足を離し、メラニーは棍棒を構える。

「そんなもの、必要ありません。全力のあなたを倒さないと、意味ないんで」

不敵に笑って、ヒルベルトも剣を鞘《さや》から引き抜いた。

——が、

「失望しました。口だけでしたね」

地に倒れ伏すヒルベルトに、メラニーが冷たく告げる。

レアンドロに太鼓判《たいこばん》を押されるほど上達したと思っていた剣の腕は、メラニー相手にはまったく歯が立たなかった。まさに完敗である。

「少しは強くなったような気がしますが……これくらいで私に勝てると思うなんて、片腹痛いです」

そう言うメラニーの顔は相変わらずの無表情で、それが余計にヒルベルトの心を抉《えぐ》った。

あざ笑ってくれたなら、悔しさが込み上がっただろうに。淡々と言われると、すべて事実だけに辛《つら》い。

「ひとつアドバイスを申し上げるなら、私に勝つなんて夢、描くだけ時間の無駄ですよ。それでは、ごきげんよう」

言い返す言葉もなくて、ヒルベルトは去って行くメラニーの背中を見送るしかできなかった。


「くっそおぉっ、悔しい～～～！　どうして俺はあの人に勝てないんだ！」

空《から》になったジョッキをテーブルに置き、ヒルベルトは頭をかきむしる。そのまま、テーブルにうつぶせた。苦悩するチョコレート色の頭を、オーベールが優しく撫《な》でてなだめる。

「まぁまぁ、そんなカッカしないで。そのメラニーって人、めちゃくちゃ強いんだね」

オーベールとの飲みはついこの間行ったばかりだったが、イマノルの調査でアルメ地区に出入りしているため、近くまで来たんだし夕飯でも一緒にどうか、という流れとなった。場所はアルメ地区の適当な酒場で、飲み始めて早々酔ったヒルベルトがメラニーに対する愚痴《ぐち》をぶちまける場となっていた。

空になったジョッキを掲《かか》げて新しい酒を持ってくるよう店員に合図しながら、ヒルベルトは「そうなんだよ！」と息巻く。

「戦闘能力だけなら隊長格と互角なんじゃないかな。とにかく強いんだ」

強いといえば、目の前で苦笑しながら酒をちびちび飲んでいるオーベールもだ。ヒルベルト付きの護衛騎士だった彼は、トゥルムが抱える騎士の中で一、二を争う実力者だった。

現在はどうかわからないが、トゥルムにいた頃ならレアンドロと互角に戦えたことだろう。

「なぁ、オーベール。棒術の弱点って知らないか？」

「棒術？　もしかして、そのメラニーさんって棒術を得意としているの？　それはまた、玄人《くろうと》だね」

「そうなのか？　確かに、あそこまで見事な棒術の使い手は見たことがないな。ヴォワールの女性は棒術を得意としているんだろうか。もうひとり、棒術の達人を知っているんだが、その人もヴォワール出身だったな」

「メラニーさん以外にも、棒術の達人がいるの？」

オーベールは目を輝かせて身を乗り出した。彼は昔から戦闘マニアというか、武器マニアなところがあって、ひと通りの武器を扱える上に、その道の達人について知りたがった。

昔と変わらないオーベールの反応に、ヒルベルトはにやにや笑いが止められなかった。

「メラニーさんよりも強い人がひとりいてね。本当は、その人からアドバイスをもらえれば一番なんだろうけど、あいにく、妊娠《にんしん》中でさ。臨月《りんげつ》の妊婦さんに稽古をつけてくれとは言えない」

「臨月……それは、頼めないね」

「だろう？　なあ、なにかいい方法はないか？　弱点とか弱点とか弱点とか」

「ヒルベルト、必死すぎ」と笑ってから、オーベールは塩ゆでした豆を口に放り込みつつ考える。

「棒術の、弱点ねぇ。あるにはあるかな」

「あるのか!?」と食いつくヒルベルトへ、豆ごと酒を腹に収めた彼は言った。

「棒術っていうのは、とにかく極めるのに時間が掛かる」

「極めるのに、時間が掛かる？　え、それだけ？」

ヒルベルトは眉《まゆ》をひそめ、オーベールは真剣な面持《おも》ちで大仰《おおぎょう》にうなずく。

「よく、棒術の弱点というか、対処方法として間合いに入り込む、なんて言うだろう。あれは間違いなんだ。本当に棒術を極めた人は、敵に間合いを詰められた場合、そのまま体術に移行して戦うんだよ。体術と棒術、両方を極めねばならないから、棒術は体得に時間が掛かる。だが、極めればこれ以上に強い戦闘術はない」

「そ、そんなぁ……」と、ヒルベルトは頭を抱えてうなだれた。

まさか棒術に弱点がないとは、と思うと同時に、だからこそメラニーとディアナは最強を誇っているのだろうと納得した。

「そういえば、イマノルが捕まったって噂《うわさ》で聞いたんだけど。やっぱりなにか悪事を働いていたのか？」

どうしてここでイマノルが出て来るのか。不思議に思ったが、オーベールの周りで噂になるほどイマノルがどうしようもない奴だったということだろう。

「まぁ、いろいろと悪事を働いていたみたいだから、なにかしらの処分は免れないだろうけど……俺が調べていたことに関しては、まだグレーのままかな」

「グレー？　犯人は他にいますってか？」

「まぁ、そんなところかな」とヒルベルトがはぐらかすと、オーベールは「ふぅん」と答えてジョッキをあおる。

「よくわからないけど、イマノルに罰が下るならなんでもいいよ。あいつに泣かされた人間が、アルメ地区には結構いるからね。だからこそ噂になったんだけど」

「イマノルに恨みを持つ人間、か」

もしかしたら、あの日の刺客《しかく》はイマノルに恨みを持つ人間が差し向けたのかもしれない。それなりの金は必要だが、アルメ地区であれば殺し屋といった裏稼業《うらかぎょう》の人間といくらでも繋《つな》がることができる。

それにしても、最強と言われる棒術を操るメラニーに一太刀《ひとたち》浴びせるとは、イマノルを襲った刺客にはよほど強い奴がいるらしい。ヒルベルトでは負けたかもしれない、と考えて、そうじゃないだろうと頭を振った。

いまはメラニーに打ち勝つ手立てを探しているというのに、彼女より弱いと実感することを考えるべきではない。

「棒術は体術も会得《えとく》する必要がある、かぁ……って、ん？」

体術といえば、ディアナがなにか言っていなかったっけ？　と、ヒルベルトは首を捻《ひね》って記憶を探る。たしか、メラニーをもっと振り回してしまえとかなんとか発破《はっぱ》をかけられたときに、言っていたのは――

『ねぇ、ヒルベルト。あなたは騎士だけど、必ずしも剣で戦う必要はないと思わない？』

「あああああぁぁっ！」

と、叫んで、ヒルベルトは勢いよく立ちあがった。背後で椅子《いす》が倒れる音がしたが、振り向きもせずに斜め上を見つめたまま、「わかった」とつぶやく。

「わかったって、棒術の弱点がわかったの？　というか、急に大声を出さないでもらえるかな。

いくらかしましい酒場といっても迷惑になるよ」

ジョッキを握ったまま耳をふさぐオーベールが苦言を呈した。はじかれたように振り向いたヒルベルトは、らんらんと輝く瞳で彼を見る。

「弱点っていうか、対処方法みたいな感じか？　とにかく、試してみたいことができたから俺はもう帰る。これ、金、俺の分、置いていくから！」

腰に提げる袋から取り出した硬貨をテーブルにばらまき、ヒルベルトはオーベールの制止の声すら聞かずに酒場を後にした。


オーベールとの飲み会から数日。

「メラニーさん！」

刺客につけられた傷も癒《い》えたメラニーが、誘拐犯となってしまった護衛を絶好調にたたきのめしているところに鉢合《はちあ》わせしたヒルベルトは、はきはきとした声で呼びかけて駆けよった。

「いまからお仕置きのために訓練場へ向かうんですよね？」

棍棒《こんぼう》を振り下ろした格好のままのメラニーの足下には、意識を失った誘拐犯（同僚）と、へたり込むビオレッタがいた。ヒルベルトはビオレッタに一言「失礼します」と断ってから、ぴくりとも動かない誘拐犯（同僚）の首根っこをつかむ。

「お仕置きが終わってからでいいんで、俺ともう一度手合わせしてください」

「……本気で言っているんですか？」と、メラニーは目をすがめた。

「言っておきますが、負傷していた腕はもう完治しております。先日の手合わせでは手も足もでなかったというのに、いまの私に勝てると本気で思っているのですか？　手加減なんていたしませんよ？」

「大丈夫です。心配いりません。前にも言いましたが、全力のあなたに勝たないと、意味がないんです」

眉間《みけん》にしわを寄せたメラニーが、ヒルベルトをじっと見つめた。やがて、あきらめたようにため息をついた。

「わかりました。そこまでおっしゃるのでしたら、お相手いたしましょう。どうせ、さほど労力を使いませんしね」

「大丈夫ですって。前回よりはずっとまともな手合わせができますから」

いやみったらしい言葉にもめげず笑顔を見せたヒルベルトは、待ちきれないといった様子で誘拐犯（同僚）を訓練場まで引きずったのだった。


「本当に手合わせするんですか？」

ずたぼろとなった同僚（元誘拐犯）が担《かつ》がれていくのを見送りながら、腕を伸ばして準備運動するヒルベルトを、メラニーはいぶかしむ。

腕を下ろしたヒルベルトは「やりますよ」とにっこり笑った。

「さて、と。メラニーさんがよければそろそろ始めましょう。それとも、もう少し休憩が必要ですか？」

「……そんなもの、必要ありません」

むっと口をとがらせたメラニーが、棍棒をくるくると回してから構えた。ヒルベルトも、腰に提げる剣を引き抜き、構える。

先に動いたのは、ヒルベルトだった。間合いを詰めて剣を振り下ろそうとしたところを、メラニーが棍棒で軌道をそらす。かわされた剣を返して振り上げれば、すかさず棍棒で横へ払うと同時にくるりと半回転させ、みぞおちめがけてすくい上げた。

「うおっ……とぉ！」

一撃を食らう前に距離をとったヒルベルトは、後ろへついた足を踏み込んで前へ飛び出した。息をつく暇もなく仕掛けてくる攻撃に、メラニーは冷静に対処する。

剣と棍棒が打ち合う重い音が、丸くくりぬかれた訓練場に何度も響く。メラニーに勝つと決めてから特訓し続けてきた成果か、以前のようにすぐに打ち負かされることはなかった。

しかし、ヒルベルトの攻撃がことごとく防がれているのは前回と同じ。突破口を見つけられないまま、防御に徹するメラニーが攻撃に移行すれば、また同じ結果になるだろう。

「とりゃ！」

気合いの咆哮《ほうこう》とともに、ヒルベルトは剣を突き出した。

「甘いです」

踊るような軽い足取りで避けたメラニーは、剣を握る手に棍棒を振り下ろす。

痛烈な一撃に耐えきれずヒルベルトが剣を落とすと、メラニーは棍棒の前後を反転させるようにもう一方の棒の先をヒルベルトの横っ面《つら》めがけて突き出した。

当たる――というところで、棍棒の切っ先を、ヒルベルトの左手が受け止める。目を見開くメラニーへにやりと笑って見せながら、右手はメラニーの手ごと棍棒を握った。

「どぉらあぁぁ！」

低く声をあげながら、ヒルベルトは力任せに棍棒を振り回す。メラニーは自分の手ごと握られているので離れることができず、棍棒とともに背中から地面に仰向《あおむ》けに倒れた。かばうものもなくさらけ出された彼女の腹に、ヒルベルトがまたがる。

「これで……俺の勝ち！」

勝利を宣言して、奪った棍棒を突き刺さんばかりに高く振りかぶった。負けを覚悟したのか、メラニーは抵抗もせずにそっと目を閉じる。

振り下ろされた棍棒の切っ先が、メラニーの顔――ではなくすぐ横の地面に突き刺さった。

覚悟していた衝撃に見舞われず、呆然《ぼうぜん》と目を開けたメラニーを、ヒルベルトは厳しい目線でにらんだ。

「こんの、バカ！　なにあっさりあきらめて受け入れようとしてんだよ。つーか俺がメラニーさんを本気で殺しに掛かるとでも思ってんのか！」

「殺される予定はありませんでしたが、敗者としてそれなりの負傷は覚悟するべきかと」

「俺はあんたに勝つことが目的なの！　戦闘不能にできればそれ以上手出しするつもりなんてねえよ！」

「でしたら、奪った棍棒を振り上げる必要なんてなかったのでは？」

的確な指摘に、ヒルベルトは硬直する。しばらくの間の後、「……た、確かにそうなんですけど」とつぶやいて復帰した。

「とにかく！　俺がメラニーさんに勝ったのは事実です。この世であんたより強い奴はディアナ様だけじゃない。ごまんといるんだ！」

「……もしや、それを言うためだけに、私に勝とうと？」

眉間にしわを寄せて問いかける彼女へ、ヒルベルトは「そうですよ」とむっとした顔で答えた。

「まさか棒術がこれほどまでに万能だとは思いませんでしたけどね。でも、棒術が体術も兼ねていると知って、俺も剣ではなく体術で戦えばいいと気づいたんです」

純粋な力だけなら、男のヒルベルトが圧倒的に有利だ。とはいっても、力がないならないなりに戦う方法もある。今回勝てたのは、メラニーの意表を衝《つ》いて混乱させ、その隙《すき》を狙ったからに過ぎない。つまり、二度は使えない手ということだ。

とはいえ、勝ちは勝ちである。

「勝負に勝ったんですから、ちゃんと俺のことを仲間として認めてください。そして、少しでいいんで頼ってください。傷ついたら休んでください。あんたが平気でも、周りであんたを見ている人間が辛《つら》いんだ。ここはヴォワールじゃない。優しい人間であふれる、アレサンドリなんですよ」

ヴォワールで生まれ、強者として生きてきたメラニーには、自分の価値は戦い続けることにのみあると思っている節がある。

「もっと自分を大切にしろ。このバカ」

結局のところ、ヒルベルトが言いたかったのはこれだった。

自分の強さに価値を置くメラニーは、強さばかりに意識を向けて、自分自身をないがしろにしている節がある。まるで、崖《がけ》沿いを走る馬のようだ。落ちる恐怖を克服して駆ける馬はとても速いけれど、いつ足を踏み外すかわからない。

踏み外した先に待つ未来なんて、ヒルベルトは考えたくもなかった。

黙って話を聞いていたメラニーは、ゆっくりと手を持ち上げ、棍棒を握るヒルベルトの手ごと握りしめると、横へ振り回した。

「ぐはぁっ！」

つまり、ヒルベルトの側頭部に棍棒が激突した。完全に油断していたヒルベルトは、なすすべなく横に吹っ飛んだ。

無様に地面に倒れ伏すヒルベルトの隣で、自由の身となったメラニーが立ちあがり、身体《からだ》についた砂を払い落とした。

「ひ、ひどぃ……」とつぶやいてめそめそするヒルベルトを、メラニーはいつもの無表情で見下ろす。

「わかりました」

突然の言葉に、ヒルベルトはのろのろと顔を上げた。よほど痛かったのか涙ぐむ琥珀《こはく》色の瞳を見つめて、メラニーは続けた。

「あなたを認めましょう。だからといって頼るかと聞かれれば答えは微妙なのですが」

「微妙なのかよ！」

「けれども、あなたが私を打ち負かしたのは事実。これからは、同僚としてよろしくお願いいたします」

スカートの裾《すそ》を軽く持ち上げ、膝を折って優雅な淑女《しゆくじよ》の礼をしたメラニーは、姿勢を正すなり、ふんわりと、まさに花がほころぶような笑みを浮かべた。

無表情が標準装備のメラニーが表情を変えるときといえば、ヒルベルトをさげすむかディアナ相手に恍惚《こうこつ》とするかのどちらかだけだ。

メラニーのまっとうな笑顔を初めて目にして、ヒルベルトは――

なぜだか、背中に悪寒が走った。

目の前のメラニーは、華やかに、美しく、ビオレッタが見ればきらきら輝いていると評しそうな笑みを浮かべているというのに。

なぜだろう。自分がいま、取り返しのつかないことをしたような気がする。


そしてその予感は、外れてはいなかった。


「ヒルベルト、手合わせしてください」

あれから数日。今日も今日とて、護衛の仕事を終えたメラニーがヒルベルトのもとを訪れた。

騎士棟の談話室で同僚たちと休憩していたヒルベルトは、彼女の姿を見るなり顔を引きつらせる。

「……あの、メラニーさん。手合わせなら、昨日も一昨日もそのまた一昨日もしましたよね」

メラニーに勝ってからというもの、ヒルベルトは毎日毎日彼女と手合わせをさせられていた。

力任せにねじ伏せるという戦法が二度通用するはずもなく、毎度ヒルベルトが一方的にたたきのめされて終わっている。

正直な気持ちとしては、もう遠慮《えんりょ》したい。

しかし残酷《ざんこく》かな。

「なにを言っているのですか。鍛錬は毎日行うのが基本でしょう」

侍女《じじょ》として神がかった推察力を持つメラニーは、どうしてだかヒルベルトの願望だけは察してくれなかった。

「いや、鍛錬なら、騎士の訓練を行っているので……」

ヒルベルトの言葉をため息で吹き飛ばし、メラニーは頭を振った。

「騎士の訓練など、鍛錬のうちに入りません。私に一度勝ったとはいえ、あなたはまだまだ弱いのです。私の同僚として肩を並べるのであれば、もっともっと強くなってもらわないと。さあ、行きましょう」

ヒルベルトの腕を、メラニーがむんずとつかむ。

「ま、待ってください！　手合わせなら他の騎士と――」

「他の騎士なんて、誰もいないではありませんか」

まわりに助けを求めようとしたヒルベルトは、メラニーの言葉に驚いて周りを見渡す。

さっきまでくつろぐ騎士たちで賑《にぎ》わっていた談話室が、いつの間にかひとっこひとり見当たらなくなっていた。

逃げやがった！　と、ヒルベルトは胸中で叫ぶ。

騎士たちの中でメラニーは、ディアナ様に褒《ほ》められ隊の存在も相まって、密かな人気を誇っている。にもかかわらず、誰もふたりの間に割り込んでこないのは、連日、ヒルベルトが徹底的に、微塵《みじん》の躊躇《ちゅうちょ》もなくたたきのめされるのを見て、恐れおののいたからだ。

ヒルベルトとて暇ではない。近衛騎士の仕事に加えてイマノルの調査の継続や、ティファンヌの護衛も行っている。だというのに、なぜだかメラニーはヒルベルトが談話室で休憩していると現れるのだ。神がかった推察力をここで発揮しないでほしい。

「えと、その、俺、いまから特別任務が……」

「レアンドロ様より、ヒルベルトをお借りする許可はいただいております」

「まさかの上司の裏切り!?　え、ちょっ、これってどこから仕組まれていたの!?」

「四の五の言わずに行きますよ」

「あああぁ～～～～～……」

引きずられるようにして訓練場へ連行されるヒルベルトを、騎士たちは物陰から見送ったのだった。

第三章　亡国の王子は、ヘタレ騎士として前を向く。

うっそうと茂るツタに壁という壁を覆《おお》い尽くされた屋敷――ルビーニ家にて、ヒルベルトはぼおっと窓の外に広がる畑を眺めていた。

暖かな日差しを受けて咲く白い小花の間を、ひらひらと黄色い蝶が飛んでいる。のどかな光景はヒルベルトの眠気をおおいに刺激してくるが、残念なことに任務中だった。

込み上がるあくびを必死に我慢して守るのは、背後の扉。この向こうで、ビオレッタがディアナたちと一緒にお茶会を楽しんでいた。ティファンヌも参加予定だったが、子供が熱を出してしまったため急遽《きゅうきょ》不参加となった。

もちろんメラニーも侍女として同席している。こんな気持ちのいい陽気の日に、彼女の淹《い》れる紅茶が飲めるなんて、うらやましいなぁとのんきなことを思った。

「……ん？」

なんとなく視線を感じて、ヒルベルトは横を向く。貴族街一番の広大さを誇る屋敷だけあり、突き当たりが霞《かす》んで見えないほど長い廊下《ろうか》には、誰の姿も身当たらなかった。強《し》いて言うなら、みっつ隣の扉がわずかに開いているだけか。

気のせいかと思い、ヒルベルトは前へ向き直る。が、唯一開いていた扉が気になってもう一度確認すると、わずかに開いた扉の隙間《すきま》から、濃紺《のうこん》の塊《かたまり》がのぞいているのが見えた。

「……うわっ！　びっくりした……驚かせないでくださいよ、ルイス様」

ヒルベルトが声をかけると、濃紺の塊は扉から出てきた。身をかがめてこちらをうかがっていたらしく、姿勢を正した途端、一・五倍に伸びる。

枯れ木のようにひょろりと高い――というより長い身体を、濃紺のローブで覆い隠す男、ルイスが、音もなく目の前までやってきた。

瞼《まぶた》は重そうに半分ほど閉じ、目の下にもくっきりとクマが浮き出ている。にもかかわらず漆《しっ》黒《こく》の瞳が妙に生き生きとしているのは、おそらく絶対徹夜明けだろうとヒルベルトは察した。

「……あの、俺になにか用ですか？」

近寄ってきたものの、なにも話そうとしないルイスにしびれを切らして問いかければ、彼はなにやら紙の包みを差しだした。

「え、受け取れってこと？」

問いかけると、やはり無言でうなずく。なんの説明もないことに戸惑いはしたが、受け取らないと話が進まなさそうだと判断したヒルベルトは、手の中に握りこめる小さな紙の包みを受け取った。

「これ……」

蚊の鳴くようなか細い声でなにやらつぶやいたルイスは、ローブの胸元から水を張った桶《おけ》を取り出した。顔を洗うときにちょうどいい、両手で捧げ持つ大きさの桶の登場に、ヒルベルトは目をむいた。

「は、え、は？　桶？　桶がどうしてそんなところから？　つか、どうやって隠し持っていたんですか？」

至極《しごく》まっとうな質問だが、ルイスが答えることはなく、「それ、いれて」とだけ告げた。仕方なく、ヒルベルトは従う。

桶の中に放り込んだ紙の包みはいったんは水面に浮いたものの、徐々に水が染みこんで沈んでいった。水にとける紙でできていたのか、包みが端から徐々にほどけ、中に入っていた黄色い粉が漏《も》れ出したかと思うと、光を帯び始めた。光はみるみる強くなり、溶けかけていた包みを呑《の》み込んでしまう。

手のひらほどの大きさの丸い光はまるで――

「光の、精霊？」

思わずこぼれた言葉に、ルイスが「そう」と反応した。

「光の精霊、姿を現してもらう、薬。ビオレッタが精霊に、力を借りるとき、使う、古代語。包みの内側に、書いてある」

「えっと、包み紙の内側に、光の精霊への願いが書いてあるってことですか?」

「そう。対価は、黄色い粉。淡く、光る」

精霊は対価を払わないと力を貸してくれない。精霊が見えない人間に姿を現してもらうだけでも、対価を必要とすると聞いている。

「今回の、実験。願いを書いた人間、違っても、精霊、叶えてくれるか、試した」

「なるほど。つまり、願いを書いて準備を行ったルイス様ではなく、無関係の俺がこの薬を使った場合、精霊が願いを叶えてくれるのか、を調べたんですね」

ルイスは勢いよく三回うなずく。彼にしては素早い動きだった。

「もしかして、魔術師技能披露会で見せた奇跡も、同じからくりですか?」

「あれより、だいぶ簡略化してる。でも、だいたい同じ原理」

納得しながら、ヒルベルトは願いを聞き入れて姿を現した精霊を見た。水の中から飛び出して、顔の前をふよふよと漂っている。

「……純粋な疑問なんですけど、どうして光の精霊を顕現《けんげん》させてみようと? これって、巫女《みこ》様の奇跡を参考にしていますよね」

「そう。ビオレッタの奇跡、アメリア、好きって言ってたから」

アメリアとは、ルビーニ家が引き取って育てている少女だ。光の精霊を見ることができるらしく、その力を悪用されかかっていたところを、ビオレッタが保護した。ルビーニ家で家族同然にかわいがられており、いまもヒルベルトが守る扉の向こうで、ビオレッタたちとお茶を楽しんでいる。

保護された当時のアメリアはやせっぽちな子供で、野良猫のように警戒心がいっぱいで誰に対しても威嚇《いかく》してしまう子供だった。それがいまや、表情も柔らかくなり、年相応の少女に育っている。

「アメリアさんのこと、大切にしているんですね」

アメリアがあんなに変わったのは、保護者であるベアトリスとエイブラハムの努力の結果だろうが、ルイスとコンラード兄弟の尽力も大きい。

「うん。俺、アメリアのお兄ちゃんだから」

ルイスははにかむように、それでいて、どこか誇らしげに笑った。

その笑顔がなんだか懐かしくて、ヒルベルトの胸がぎゅっとなる。

「……妹か。うん。かわいいですよね、妹って。守らなきゃって、ずっと思ってました」

現実は、守るどころか、目の前で死なせてしまったけれど。

「これからも、大切にしてくださいね」

いつ、別れが来るかなんて誰にもわからないから。後悔《こうかい》のないように、精一杯、大切にしてほしい。

妹のことを思い出すと、ただただ胸が苦しくて、どうしようもない虚無感に襲われるが、ヒルベルトは笑顔を浮かべる。

笑うしかない。どんなに後悔しても、どんなに憎んでも、妹は還《かえ》ってこないのだから。

しかし、ヒルベルトは自分が笑いそこなっていると気づく。だって、ルイスがなんとも言えない顔でこちらをじっと見つめていたから。

「……ヒルベルト、これ、あげる」

視線を落として、なにかを決意したらしいルイスが、ヒルベルトへ握り拳《こぶし》を差しだした。ヒルベルトが受け取ろうと手のひらを見せると。握りしめた手が緩《ゆる》んで先ほどの紙包みがいくつもこぼれた。

「これ、水に溶かせば、精霊、少しだけ姿を現してくれる。湯に溶かせば、ビオレッタの奇跡みたいになる。でも、気をつけて。直接、火に投げ込むと、強すぎる。危ない」

どう強すぎるのかいまいち想像ができなかったが、ルイスが厳しい表情で忠告してきたので、素直に「わかりました」と答えた。

「これ、ありがとうございます。せっかくなんで、誰かに見せてみますね」

「うん。妹さん、見せてあげて」

ヒルベルトの心臓が、どきりと跳ねた。

妹が死んでいることを、ルイスは知らない。だからこそ、他意はなく妹に見せるよう勧めたのかもしれない。

あぁ、でも、違うな――と、ヒルベルトの直感が告げる。

こちらを見つめるルイスの笑顔が、とても優しかったから。

油断したら、泣き出してしまいそうな心地になった。


「わざわざ送ってもらって、ありがとう、ヒルベルト」

ヒルベルトのエスコートで馬車から降りたディアナが、おっとりと笑う。丸みを帯びた頰《ほお》を見て、女の子が生まれそうだな、と、根拠のないことを思った。

ルビーニ家でのお茶会が終わってから、ヒルベルトはレアンドロの命令でディアナを自宅まで警護することになった。

いつもならティファンヌの護衛にまわされるのだが、今日彼女は不参加だった。だからといって、ディアナの護衛を命じるなんて、こき使いすぎではないか、と、口が裂けても言えないことを思う。

ディアナが屋内へ入っていくのを見送ってから、ヒルベルトは屋敷を後にした。馬車に乗って戻ればと提案されていたが、王城まで歩ける距離だし、少し立ち寄りたい場所もあったので丁重にお断りした。

門の外まで出てきたヒルベルトを、意外な人物が出むかえた。

「よ、ヒルベルト。任務中かい？」

片手を軽く掲《かか》げたオーベールが、門前を照らす街灯のそばに立っていた。

「オーベール！　どうしてここに？」

「予定より早く薬が切れてしまってね。ルビーニ家へもらいに行っていたんだ」

掲げていない方の手が、人の顔ほどの大きさの紙袋を大切そうに抱えていた。薬が入っているのだろう。

「なんだよ、お前もルビーニ家にいたのか？　だったら声をかけてくれたっていいだろう」

「ヒルベルトがルビーニ家にいるなんて思いもしなかったんだよ。というか、あんなだだっ広い屋敷の中でお前ひとりを見つけるなんて至難《しなん》の業《わざ》だし、そもそも巫女様が立ち入る区域にただの町医者である俺が近づけるはずがないだろう」

「それもそうだな」とヒルベルトが笑うと、オーベールは困ったもんだとばかりに肩をすくませた。そのあと、ディアナが帰った屋敷へ視線を巡らせ、「あ」と声を漏らす。

「そういえば、さっきあの屋敷に入っていった妊婦さん。あの人が、棒術の達人？」

屋敷へ戻るディアナの姿を見ていたとは。結構前からのぞいていたんだな、と思いつつ、ヒルベルトは「そうだな」と答える。それを聞いたオーベールは「まじか！」と目を輝かせた。

「あんな上品で優しそうな女性が棒術の達人とか……強いの？　やっぱめちゃくちゃ強いの？」

オーベールが前のめりに身を寄せて追及し、ヒルベルトはまた始まったと内心呆《あき》れた。

「強い、強い。めちゃくちゃ強いよ。なんてったって、あのメラニーさんを簡単に打ち負かす人だからね。んでもって、メラニーさんの唯一無二の主だよ」

「あぁ、自分より強くない奴の下にはつかないってやつだね。すごい。そんなこと本当にあるんだ。俺がもしもそんなことを言い出していたら、ヒルベルトの護衛にはなってなかったね」

オーベールの方が強いのは事実だったので、ヒルベルトは「うるせぇよ」と口をへの字に曲げた。

オーベールは「ごめん、ごめん」と笑い飛ばす。

「心配しなくても、俺たちは兄弟同然なんだからさ、護衛であろうとなかろうと、俺はヒルベルトを守るよ」

片目を瞑《つむ》って宣言されても、いまいち信用しづらい。ヒルベルトは「はいはい、当てにしてますよ」と投げやりに答えた。

「ところで、オーベール。この後、予定ってあるか？」

「薬を持って帰らなきゃいけないけど、急ぎではないよ」

「そうか。なら、俺と一緒に出かけないか。もちろん、いやなら来なくていい」

「出かけるって、いまから？」

オーベールは空を見る。昼の時間はとうに過ぎて、太陽は地面に潜る準備を始めていた。

「で、どこに行くの？」

目的地を問われ、ヒルベルトは一瞬答えるべきか迷い、覚悟を決める。

「……お墓。オーレリーの墓へ行こうと思う」

オーレリーと聞いて、オーベールはずっと絶やさなかった笑みを消して凍りついたのだった。


王都を出て少し歩いた先に広がる森。

ルビーニ家の魔術師がよく薬草採取に訪れるこの森は、実は王家直轄《ちょっかつ》の土地だ。魔術師の技術を保護するため、魔術師をはじめとした一部の人間しか立ち入れないよう、騎士が常駐、警戒している。

そんな特別な森に、ヒルベルトの妹、オーレリーの墓がある。

森の奥深く、ぽかんとひらけた場所に小さな湖があり、その中心に、石碑《せきひ》が突き建っていた。

残念ながら、岸辺から石碑までは距離があり、刻まれた文言を読むことも触れることもできないが、冥福《めいふく》を祈る言葉が刻まれている。岸辺には、最近誰かが訪れたのか花束がいくつか手向《たむ》けられていた。

「誘っておいてなんだけど、一緒に来てくれるとは思わなかった」

自らが持ってきた花束を岸辺に置いて、ヒルベルトが問いかける。膝をつくヒルベルトの背後に立つオーベールは、湖の中心に立つ石碑を一心に見つめて「まあ、ね」と答える。

「ここに、オーレリーが眠っているわけではないから」

オーベールの言うとおり、この場所にオーレリーの亡骸《なきがら》はない。

ヴォワールの突然の侵攻が行われたとき、彼女は未来に絶望して自ら命を絶っていた。

それは、当時遠く離れた村にいたヒルベルトが、なんとか王都に侵入を果たしたときで。軍を率《ひき》いていた王太子が王都の広場で住民に対して勝利を宣言する際、戦利品よろしくそばに侍《はべ》らされていたオーレリーが、騎士から剣を奪って自決してしまったのだ。

高く飛び散る鮮血を、徐々に力を失って剣を落とし、膝をつき、倒れていく彼女を目《ま》の当たりにしたヒルベルトは、

『オーレリイイィィ!!』

追われる身だということも忘れて、彼女の名を叫んだ。

王女の自殺に嘆《なげ》く国民たちの声が響く中であっても、ヒルベルトの叫びは騎士たちの耳にとまり、唯一捕らえていない王子だと気づかれてしまう。

緊迫した状況にもかかわらず、ヒルベルトは人混みをかき分けて妹の元へむかおうとした。それを、オーベールをはじめとした護衛騎士たちが力尽くで押さえた。

『だめだ、ヒルベルト！　いまは逃げる！』

『いやだっ、オーレリー！　オーレリイィ!!』

叫んで抵抗するヒルベルトをオーベールが抱え、その場から走り去った。ヴォワールの騎士が追いかけようと動いたが、オーレリーの死を目の当たりにした民衆が怒りを露わにして暴徒と化した。

混乱の境地に立つ王都から辛《から》くも逃げ延びたとき、護衛騎士の数は半分に減っていた。

大切な妹と、家族とはまた違う信頼の絆《きずな》で結ばれていた護衛騎士たちの死を受け止めきれず、呆然《ぼうぜん》とするヒルベルトに、頬を濡らすオーベールは言った。

『頼むからっ、お前まで死なないでくれ……』

その瞬間、理解した。

もう、家族は誰も生きていないのだと。

滂沱《ぼうだ》と涙を流しながら、ヒルベルトは振り向くことをやめた。ただひたすら前だけをみて、生き残ることだけを考えて、アレサンドリまでたどり着いた。

血縁を頼ったところ、アレサンドリ王家が直々に保護してくれ、さらに理不尽に命を落としたトゥルム国民のことを想い、慰霊碑《いれいひ》まで作ってくれた。それがこの墓だ。

ヒルベルトや生き残った騎士たちは、慰霊碑の前で誓った。

ヴォワールへの、復讐《ふくしゅう》を。

立ちあがったヒルベルトは、ズボンのポケットからルイスにもらった紙包みを取り出し、湖の中にばらまいた。やがて水中に光の粒がいくつも生まれ、水面まで上がってくる。

「なぁ、オーベール。ヴォワールへの復讐って、結局なにがどうなれば成功なんだろうな」

湖の上を柔らかく漂う光の粒たちを見つめて、ヒルベルトが問いかけた。だが、オーベールから返事はない。

当然だ。オーベールはただひとり、復讐など無意味だと反対した人だから。

「俺はさ、王太子をこの手で殺してやりたかった。ヴォワールという国を、跡形もなく壊してしまいたかった。でも、みんなが望んでいたことは、トゥルムを取り返すことなんじゃないかと思ってる」

あの日復讐を誓った護衛騎士たちは、オーベールをのぞいて、ヒルベルトとともにアレサンドリの騎士となった。それは、トゥルム最後の王族である自分に仕え続けるためだと、ヒルベルトはきちんと理解している。

「でもさ、俺たちがアレサンドリで新しい人生を歩んできたように、トゥルムに残されたみんなにも、新しい日常が生まれているんじゃないかって、思うんだ」

ティファンヌとの騒動をきっかけに、ヒルベルトはヴォワールに対する憎しみと折り合いをつけられるようになった。それは、他の仲間たちも同じ。

「トゥルムに残された人たちが今日まで積み上げてきた物を壊してまで、トゥルムを再興する意味があるのか？　無関係であるアレサンドリの人々の平和を、脅《おびや》かしてしまうというのに」

いまでも家族のことを想うとヴォワールが憎くてたまらなくなる。馬にまたがって剣を抜き、単身でヴォワールにつっこんでいきたくなる。

だが、その結果、この優しい国の平和が脅かされてしまうのなら、ヒルベルトは己の心で燃えさかる憎悪を押しとどめてしまおうと思う。たとえその結果、自分の身体《からだ》が内側から燃えだそうともかまわない。

「俺は騎士として、この優しい国を守るよ。ヴォワールから、アレサンドリを守ってみせる。それが、いまの俺の復讐」

秘密裏《り》に武器を買っていたヴォワールは、遠くない未来、アレサンドリを目指して攻め込んでくるだろう。そのときヒルベルトは、トゥルム最後の王族ではなくアレサンドリの騎士として、ヴォワールと戦うのだ。

「トゥルムを捨てるみたいなことを言っている俺は、やっぱ、最低かな」

「……そんなことないよ」

自嘲《じちょう》をこぼすヒルベルトへ、ずっと黙っていたオーベールが声をかけた。驚きのあまり勢いよく振り返れば、ひたむきなまなざしとぶつかった。

「ヒルベルトは、トゥルムを捨てたりなんてしていない。ずっと心に残っているから、あんな経験をこの国の人達にさせたくないって思うんだ」

「……たしかに、そうかもしれない」

「正直に言うとね、俺はもう一度トゥルムに戻りたいって思う。でも、オーレリーがいないトゥルムに帰ったところで、むなしいだけなんだよ」

オーベールは最初からずっと言っていた。復讐したところで、死んだ人間は還《かえ》ってこないと。トゥルムを取り返したところで、そこに愛する人々がいなければ、本当の意味で取り返したことにならない。

「オーレリーや父さんたちが望むような復讐はできないかもしれない。でも、みんなのことは絶対に忘れないから。ずっとずっと胸の中で、みんなのことを思いながら生きていくよ」

ヒルベルトの決意を天国へ伝えに行くかのように、光の粒は空高く飛んでいった。


オーレリーの墓参りから数日。ヒルベルトはエミディオの執務室に来ていた。

「今日はふたつ、報告したいことがある。まずひとつは、密売に関わったという商人が自ら出頭してきた」

「出頭!?」と、ヒルベルトは驚く。執務椅子《いす》に座るエミディオの斜め後ろに控えるレアンドロが、「そうだ」と話を引き継いだ。

「ヴォワールの商人は我々に保護を願っている。なんでも、密売に失敗した責任で処刑されそうになったらしい」

「責任、ですか？」

おかしな話だ。密売が明らかになってしまったのはヴォワールの王太子がへまをしてしまったせいであって、商人の責任など存在しないというのに。

ヒルベルトの考えは言わずとも伝わったのか、エミディオとヒルベルトは揃《そろ》ってしかめっ面《つら》をした。

「お前の言いたいことはわかる。私たちも同じことを思っていたからな。だが、ヴォワールとはそういう国だ。おかげで、我々は商人を確保することができた」

「皮肉な話だがな」と、エミディオは暗く笑う。

「出頭した商人は、王都のアルメ地区で休憩所――つまりは男女が密会するための施設を運営していたのだが、そこでイマノルに目をつけて密売を持ちかけたそうだ」

商人は金に困窮《こんきゅう》するイマノルに近づき、ヴォワールが密かに武器を欲しており、密売が叶った際にはそれ相応の謝礼を支払うと言って誘った。

まんまと欲に目がくらんだイマノルは、密売相手としてホルディ・ブラニクを紹介した。

ブラニク家は高い製鉄技術を活《い》かした武器生産を主な産業とする領地だった。しかし、武器生産にばかり力を注いでいたため、平和な時代となったいまでは衰退の一途をたどっていた。

「ブラニク家が苦しい状況だというのは、社交界では周知の事実だ。爵位を継いでいないとはいえ、社交界に顔を出したことがあるイマノルならば知っていてもおかしくない」

「イマノルから紹介状を受け取った商人が、ホルディ・ブラニクに接触し、密売が始まった。なるほど、つじつまは合いますね」

三人の当事者が揃い、そのうちふたりは同じことを証言し、ただひとり、イマノルだけが違うと叫んでいる。

「イマノルについて、殿下はどうお考えですか？」

ヒルベルトが問いかけると、エミディオは腕を組んでうなった。

「正直、まだ納得はしきれていない。だが、イマノルが武器密売を知っていたか否《いな》かは別として、名前を貸したことで密売が成立してしまったのは事実だ。それ相応の罰を与えるべきだろう」

「ただ……」と、エミディオは目をすがめる。

「イマノルと商人、ホルディが作るきれいな三角形の裏側に、もうひとつなにか隠されているような気がするんだ。商人が出頭してきたタイミングが、証拠が揃ってもなおイマノルを黒と断定しかねている我々に対する、だめ押しのようだと思わないか」

同じ違和感を覚えていたヒルベルトは、厳しい顔でうなずく。

「……やはり、俺が調査を継続していることを、把握《はあく》されている気がします」

「お前の動きまで把握しているかは不明だが、少なくとも今回の事件に対して我々が納得しかねているのは気づいているのだろう」

自分の動きをどこまで、どうやって把握しているのか、得体の知れない敵の存在に、ヒルベルトは寒気を覚えた。

「念のため、ヒルベルト、お前にはイマノルの調査から外れてもらおうと思う。見えない敵が存在するのかすら定かではないが、万が一存在したとして、どこから情報が漏《も》れているのかもわからない。ここは一度、仕切り直してみよう」

エミディオの決定に、ヒルベルトは「力及ばず、申し訳ありません」と頭を下げた。

「謝る必要などない。お前はよくやってくれている。私はお前の身を案じているだけだよ」

「殿下……」

顔を上げたまま呆《ほう》けるヒルベルトの肩に、レアンドロが手をのせる。視線を向ければ、彼も頼もしい笑顔とともにうなずいた。

「お前をイマノルの件から外したところで、次の話題に移らせてもらう。実は、叔父上《おじうえ》から相談を受けてな」

エミディオが言う叔父上とは、聖地を守る神官、ベネディクト・ディ・アレサンドリのことである。

エミディオとベネディクトは家族ぐるみで仲がよく、いろいろなことを相談、協力していることは知っている。

だが、それがヒルベルトにまわってくることは初めてだった。

「ここ数日、ディアナさんの周りを探りまわる輩《やから》がいるそうなんだ。お前も知っているとおり、ディアナさんはヴォワールで起こった政変で命を落とした、前王太子の妃《きさき》だった人だ。ヴォワールからの疑いの目はかわしたとはいえ、用心に越したことはない」

「俺がディアナ様の護衛につくことで、敵の目をひきつける、ということですね」

「そうだ。お前の身を案じていると言ったそばから、利用することになって申し訳ないがな」

ディアナに目をつけるということは、ヴォワールに対してなにか含むところがある輩だということだ。となると、トゥルム王家最後の生き残りであるヒルベルトに対して興味を持ってもおかしくはない。

表情を曇らせるエミディオに、ヒルベルトは朗《ほが》らかに笑って頭を振った。

「気になさらないでください、殿下。ディアナ様はいま、身重の身体なんです。いつお腹の子供が生まれるかもわからない状況で、危険から遠ざけたいと願うのは当然です。心配いりませんよ。俺ひとりなら、いくらでも立ち回れますから」

「お前ひとりを危険にさらすつもりはない。ディアナさんの護衛には、お前の他に、メラニーがつくことになった」

「え、メラニーさん!?」

ここでメラニーの名前を聞くことになるとは、と思ったものの、彼女が敬愛してやまないディアナの危機だ。周りがどんなに止めようとも吹き飛ばす勢いで駆けつけることだろう。

それはわかる。わかるけれども。

「巫女様の、警護は？」

「我々が命に替えてもお守りする」と、斜め前に控えるレアンドロが悲壮《ひそう》感たっぷりに答えた。

メラニーがビオレッタ専属護衛になる前から、レアンドロ率いる光の巫女付き近衛《このえ》騎士隊が警護を続けてきた。べつにメラニーがいなくなったところで、ビオレッタを守る人がいなくなるわけではない、以前の状態に戻るだけである。

しかし、たったひとつ、とてつもなく大きな問題があった。

ビオレッタの、女神も嫉妬《しっと》するほどの美しさを前に正気を保っていられるのが、ヒルベルトとレアンドロを含めたごく一部の精鋭だけという点だ。

ビオレッタの近くにつく騎士を常に精鋭で固められたらいいが、ヒルベルトがディアナの護衛にまわることもあり、そうもいかない。となると、護衛が誘拐犯になってしまったときの護衛――レアンドロが出動するしかない。

つまり、愛する妻が待つ我が家にレアンドロが帰れなくなることを示していた。

「……ヒルベルト。ディアナ様を付け狙う外道《げどう》を、一刻も早く確保するように」

据わった目で見つめて、レアンドロは地を這《は》うような声で告げた。荒らげないのが余計に怖い。

　自分はまったく悪くないはずなのに、レアンドロの威圧を真正面から受け止めたヒルベルトは、「了解いたしました」と震える声で答えた。

　レアンドロの大人げない態度に、エミディオが深い深いため息をつく。

「叔父上《おじうえ》がディアナさんのそばにずっとついていられれば問題ないのだがな。聖地を守る神官という役目を放棄するわけにもいかない。ヒルベルトにばかり負担をかけて申し訳ないが、よろしく頼む」

　おっとりポヤポヤしたベネディクトがいたところで、なんの戦力にもならないのでは——と思ったものの、あえて口にせず「お任せください、誠心誠意、務めさせていただきます」と答えたのだった。


「ごめんなさいね、ヒルベルト。あなたにまで迷惑をかけてしまって」

　ベネディクトの屋敷の庭を臨めるテラスにて、リクライニングチェアにゆったりと腰掛けたディアナが、頬《ほお》に手を添えてこてんと首を傾《かし》げた。

　ここに来るまで、レアンドロの殺伐《さつばつ》とした威圧を受け止め続けたヒルベルトには、彼女のおっとりとした空気に癒《いや》される心地がした。お腹の子供は絶対女の子だと思う。ベネディクトそっくりな女の子に違いない。

「お姉様、ヒルベルトごときに気遣う必要なんてありません！　身重のお姉様のお役に立てるのです。騎士として本望です！」

ふてくされた顔で文句を言いつつ、メラニーはディアナに膝に毛布を掛けた。

「あらあらまぁまぁ、ヒルベルトは巫女様の騎士なのよ。それを、私を守るためにここにいてくれているの。失礼なことを言ってはいけないわ」

優しい口調でたしなめたディアナは、落ち込んでうつむくメラニーの頰に手を添えた。

「ヤキモチでも妬《や》いてしまったの？　心配しなくとも、私が頼りにするのはあなたよ。だって、あなたは私の剣でしょう、メラニー」

頰に触れる手を滑らせて指先で顎《あご》を持ち上げ、視線を合わせる。ディアナと見つめ合うメラニーは、みるみる頰を染めて瞳をとろんとさせた。

「……はい、お姉様。私はお姉様の剣です！」

「ふふっ、いい子ね、メラニー」

なんとも妖艶《ようえん》な空気をまき散らしながら見つめ合うふたりから目をそらし、ヒルベルトは「つらい……」とつぶやいたのだった。

太陽が空の中心を横切った午後、ヒルベルトはベネディクトの屋敷の外を警邏《けいら》していた。

ヒルベルトの役割は、トゥルム最後の王族という立場を利用して、敵の目を自分へ向けさせることである。ゆえに、こうやって屋外を歩き回ることで自分の存在をアピールしていた。

ひととおり歩き回って玄関まで戻ってくると、扉の前でメラニーが待っていた。

「お疲れ様です、ヒルベルト」

「……お疲れ様です。えと、どうかされましたか？　ディアナ様は？」

ヒルベルトが外を警戒し、メラニーはディアナのそばにつくことになっている。屋敷内にいるとはいえ、メラニーがひとりで行動するなんて意外だった。

「お姉様なら、いまはお休みになっています。あまり夜に熟睡できないそうなのです。なんでも、妊娠《にんしん》後期は眠りが浅くなるとか」

妊婦がまわりにいないヒルベルトは、「そうなんですね」としか答えられない。

「いまのうちに、休憩しませんか。お茶を淹《い》れますよ」

思いもよらない提案に、ヒルベルトは目を瞬かせた。

「メラニーさんが俺を気遣うなんて、雨でも降るんですか!?」

「失礼ですね。あなたに倒れられては困るから、気遣っているというのに」

「え、困る？　清々するの間違いではなくて？」

「……あなたは、私をなんだと思っているのですか？」と、メラニーの目が据わった。お姉様至上主義の変態だと思っています、とは、口が裂けても言わなかった。言ったところでその通りですと肯定されて終わりそうな気もする。

「私ひとりでは、どうしてもお姉様を完璧《かんぺき》に守ることはできません。誰かもうひとり騎士をつけようという話になったとき、ヒルベルトを指名したのは私です」

「俺、指名されたの!?」

てっきりいつもの「雑用はヒルベルトへ」かと思っていた。いや、敵の注意をひくという目的があるのは理解しているけれど。

まさか、メラニーが指名するだなんて。

ヒルベルトの大げさなまでの驚きっぷりに、彼女は口をとがらせた。

「お姉様の警護を任せてもいいと思える相手は、あなただけですから。もっと自分を頼れと、あなたがおっしゃったのですよ。忘れたのですか?」

「覚えてます、覚えてます」と、ヒルベルトは首と両手を左右に振り回した。

「でも、まさか、本当に頼ってくれるとは思いませんでした」

「私はあなたを仲間と認めております。私のしごきにもへこたれることなくついてきており、最近はわずかながら剣の腕も上がりました」

「やっぱあれ、しごきだったんですね」

「まだまだ未熟ではありますが、戦力として認めております。だから、ここで無理をせずに、きちんと休んでいただきたいのです」

ちょこちょことけなす言葉があったように思うが、メラニーは純粋にヒルベルトの身体《からだ》を気遣っていた。

あの、ディアナ以外は誰も必要ないと言ってはばからないメラニーが、人を頼り、気遣うなんて――娘の成長を喜ぶ父親のような感激が込み上がり、ヒルベルトはうっかり泣きそうになって必死にこらえた。

「じゃあ、お言葉に甘えて休憩させてもらいます」

「すでに準備は調えてありますから、ご案内します」

先導して歩き出すメラニーの背中を、ヒルベルトは追いかける。

「……ここなら、迷わないんですね」

「毎日生活する場所ですから。これくらいなら、なんとか覚えられます。じゃないと、お姉様に満足に尽くすことすらできません」

どこまでもディアナなメラニーに、ヒルベルトは「あぁ、うん。そこ大事ですもんね」と適当な相づちを打った。

「私が焼いたクッキーも用意してありますから。……これは甘さ控えめにしてありますので、あなたでも食べやすいかと思います」

小さな声で告げられた内容に、ヒルベルトは「え!?」と反応する。その様子をちらりと振り返って確認したメラニーは、すぐさま前を向いて歩き出してしまった。

「ちょ、待って、メラニーさん！　それって、俺のためにクッキーを焼いてくれたってことですよね!?」

「……知りません」

歩く速度を早める彼女を、ヒルベルトは必死に追いかけたのだった。


ヒルベルトがディアナの警護について、数日。とくに問題も変化もなく過ぎていったのだが。

「……うんともすんとも言わないわね。出て来るつもりがあるのかしら」

ソファにゆったりと腰掛けたディアナが、大きく膨らんだ腹を撫《な》でてぼやいた。二歳を目前に控えた次男が、「ありゅう～らぁ？」と言いながら母の腹に覆《おお》い被《かぶ》さる。

親子の愛らしいやり取りはヒルベルトの心を十分に和《なご》ませたのだが、当人たちはそうも言っていられない。平和なら平和で問題があるというべきか、もうすでに生まれていてもおかしくない時期だというのに、腹の中の子はいっこうにその気配がなかった。

「こののんびり感……ベネディクト様を彷彿《ほうふつ》とさせるわね」

ヒルベルトも同意見だったが、そうつぶやいたディアナのあまりの声の低さに、余計なことは言うまいと口を閉ざした。

メラニーも同じ心境なのだろうか、沈黙を貫いたままそっとアイスミルクティをテーブルに置いた。

見た目に違わずミルキーでのっぺり甘いであろうミルクティを味わったディアナは、ほっと息を吐いて立ちあがった。

「こればかりはその子のタイミングに任せるしかないものね。気分転換に散歩に行きましょう。どこか自然豊かなところがいいわ」

「……お姉様、いまあなた様は何者かに付け狙われているのですよ。せめて王都の公園にしましょう」

「ここ最近で、王都の公園は行き尽くしてしまったじゃない」

ディアナの主張も尤《もっと》もで、産まれる気配のない我が子を気にして頻繁《ひんぱん》に散歩しまくったために、王都の公園はヒルベルトでも行き飽きるほど通っていた。

「……あのー、それでしたら、魔術師が薬草を摘《つ》みに行く森なんてどうでしょう？　あそこなら、王家が管理しているだけあって森の入り口に騎士が常駐していますし、道が整備されていて広場まで馬車を入れられますよ」

「入り口に騎士が常駐しているなんて、まさにうってつけじゃない。わたくしとしたことが、森のことを忘れていたわ。もっと早く気づけばよかった」

目を輝かせたディアナがヒルベルトへ感謝の言葉をかけた。しかし実のところ、ヒルベルトもついこの間まで森の存在を忘れていたのだ。

まわりになにも言わないものの、ディアナがお腹の子供のことを心配していると察したヒルベルトが、なにか少しでも手助けできることはないだろうかとオーベールに相談したのだ。結局、出産に関してはお腹の子供にゆだねるしかないと言われたのだが、新しい散歩場所として森を提案してくれた。

喜ぶディアナを見ながら、ヒルベルトはオーベールに礼として酒をおごろうと心に決める。が、メラニーは納得していないようだった。腰に両手を当て、厳しい表情でディアナを見据えた。

「確かに、王家が管理する森は入り口に騎士が見張りとして立っております。ですが、正面を避ければ、警邏する騎士の目をかいくぐって侵入することは可能です！」

食い下がるメラニーを、ディアナはほほえみを維持したまま睥睨《へいげい》した。

「もし誰かが襲ってきたとして、わたくしが遅れをとると？」

部屋の温度が幾分か下がった気がして、ヒルベルトは二の腕を撫でさする。ディアナの放つ威圧感のすごさに、ただただ視線をそらすしかできない。

しかし、さすがと言うべきか、メラニーは威圧に屈しなかった。

「普段のお姉様ならそんな心配はいらないでしょう。ですがいまは身重の身体なのですよ！」

「こののんびりした子には、強すぎるくらいの刺激がちょうどいいんじゃないかしら。むしろ、そうでもしないと出てこないような気がするわ」

先ほどまでの圧迫感が嘘のように、ディアナはしゅんと視線を落としてお腹を撫ではじめた。その表情が思いのほか不安げで、主《あるじ》大好きなメラニーは見るからにうろたえる。両手をディアナへと伸ばしてなにか言おうとして、うまい言葉が浮かばなかったのか言葉に詰まって視線をさまよわせた。

一方のディアナはメラニーの様子に気づかず、憂《うれ》いを帯びた表情でお腹を撫でさすりつづけていた。

やがて折れたのは当然のことだがメラニーで、長い長いため息とともに「仕方がありませんね」と承諾《しょうだく》した。

「そのかわり、あまり長居はできませんよ。少し歩いたら戻りますからね！」

許可が下りるなり、ディアナは鬱々《うつうつ》とした空気を霧散《むさん》させて表情を明るくさせた。

「もちろんよ、メラニー。わたくしのことを案じるあなたに余計な心配なんてかけないわ。無理なお願いを聞いてくれてありがとう」

ディアナのわかりやすいほどの変わり身に、メラニーは呆《あき》れた表情を浮かべたものの、ただ「約束は守ってくださいね」とだけ言ったのだった。

次男を乳母に預けて、ヒルベルトとディアナ、メラニーの三人は魔術師が薬草を採取する森へ向かった。

慢性的な運動不足の魔術師が徒歩で通える場所というだけあり、森は王都を出てすぐの場所にある。王都から森まで、馬車が通れる程度の道が整備され、森の入り口には騎士ふたりが見張りとして立っていた。そのほかにも数人、森の周辺を警邏している。

ディアナの身体を慮《おもんぱか》り、ヒルベルトたちは馬車で森を目指した。ディアナとメラニーのふたりを客車に乗せ、自らは御者を務める。森の入り口で騎士の検問を受けてから、馬車に乗ったまま森の中へと入った。

魔術師を保護するために王家が管理しているこの森は、良質な薬草をはぐくむためにも、自然のまま、あまり手は加えられていない。

とはいえ、まったく整備されていないかといえばそうでもなく、王都から森をつなぐ道はそのまま中まで続いており、森を大きく周回するように走る道はやがて憩《いこ》いの広場へと行きついた。

季節の花が咲く広場に立つ東屋《あずまや》には、ベンチがひとつ。ひとまたぎできるかわいらしい小川が、東屋の横を通って広場を横切っていた。

東屋のベンチに腰掛けたディアナが、目を閉じて深呼吸をしている。柔らかな風が吹いて、彼女の焦げ茶色の髪がなびいた。小川のせせらぎの音が心地いい。

ほのぼのとした空気だが、警戒を怠《おこた》ってはいない。万が一のときにすぐ逃げられるよう、広場の中まで馬車を入れていた。

川沿いをゆったりと歩いてから、広場に咲く花を摘《つ》んで「産まれる、産まれない」とつぶやきながら花びらをちぎるという、なんともいたたまれない占いに精を出す。その後、東屋でひと休みすることになった。

屋敷から持ってきた菓子をつまみながら、自然の空気を楽しんでいたディアナが、ふと、纏《まと》う空気を変えた。呼応するように、メラニーとヒルベルトも神経を研《と》ぎ澄ます。

「ふふっ、ちょうど食後の運動がしたいと思っていたところなのよ」

ディアナがたおやかに微笑《ほほえ》むと、木々の影から布で顔を隠した男たちが飛び出し、東屋を取り囲んだ。

ざっと数えて十人。ヒルベルトは現れた男たちに見覚えがあった。服装こそ違うが顔を隠す布は同じ。イマノルを暗殺しようと襲いかかった刺客《しかく》たちだ。

「……どうして、イマノルを襲った奴らが……」

「ふふふっ、そんなもの、ご本人たちから聞き出せばいいのよ」

なんてことないように宣言して、ディアナが立ちあがる。すぐさまヒルベルトとメラニーが背にかばった。周りを固める刺客たちが腰に提げる剣を構えたため、こちらも武器を構えた

——が、

「ちょ、え、ディアナ様、モップとかどこから出したんですか!?」

背後のディアナがモップを構えていることに気づいて思わず声をあげた。それに、メラニーが淡々と答える。

「愚問《ぐもん》です。私が持ってきました」

「いやいやいや、どうやって持ってきたんですか。馬車に乗せるとき見ませんでしたよ!?」

「侍女《じじょ》のヒミツです」

「どんなヒミツだよ!?」

と、魂の叫びを上げながら、ヒルベルトは襲いかかる刺客たちへ剣を振るう。

ディアナは捕縛《ほばく》を考えているようだが、ヒルベルトの目的は現状からの即時離脱だ。ディアナを馬車に乗せるため、敵の相手はそこそこに客車までの通路の確保と馬の死守を優先するべきと判断した。

メラニーも同じ考えなのだろう。自分へ襲いかかった男たちを戦闘不能にするなり、馬車へと走り出した。どうやら、ヒルベルトにディアナを任せて自らは馬車を守ることにしたらしい。

メラニーがなによりも大切にするディアナを他人に任せるなんて——ヒルベルトの心が奮《ふる》い立つ。気合いとともに、つばぜり合いをしていた敵を押し返した。

「ディアナ様！　いまのうちにっ、早く！」

振り返って声をかければ、敵の脇腹に一撃を食らわせたディアナが走り出して——足を止めた。

一歩前に踏み出したところで、不自然に前傾姿勢になったまま固まっている。

胸騒ぎを覚えたヒルベルトがすぐそばまで駆けよると、ディアナが腕にしがみついてきた。

「ディアナ様？」

自由な利《き》き手で敵の剣をはじき、無防備にさらけ出された腹に蹴《け》りをお見舞いしながら声をかける。ヒルベルトが大立ち回りを演じても、足をぴくとも動かそうとしないディアナは、若干《じゃっかん》血の気の失せた顔で見上げ、言った。

「……破水《はすい》した」

「……………………はぁぁあああっ!?」

いまの状況も忘れヒルベルトは素《す》っ頓狂《とんきょう》な声をあげた。それだけでなく、軽く飛び上がってしまった。

破水とは、つまり、お産が始まったということか。というか、破水は産まれる直前におこるのではなかったか。え、ここで産むの!?

呆然《ぼうぜん》としたまま脳内で大混乱していたヒルベルトだが、ディアナの「あぁー……きたきたきたぁ！」という声で我に返った。慌てて周りを確認し、近寄ろうとしていた刺客へ向けて剣を振って威嚇《いかく》する。

「ディ、ディアナ様、破水したって、大丈夫なんですか⁉　ここ、ここで産むの？」

「安心しなさい、ヒルベルト……。破水したからといって……すぐに、どうこう……なるわけじゃないわ」

　未知の事態に困り果てながらも敵を遠ざけ続けるヒルベルトへ、ディアナは深く身を折ったまま笑いかけた。が、すぐに「ぃたたたたた……」とこめかみに汗をにじませる。

「お姉様！」

　馬車を守っていたメラニーが、異変を察知してこちらへ戻ってきた。目の前でメラニーが膝をつくのに気づいたディアナが、彼女に抱きつくようにしがみつく。

「いま、この瞬間に破水するなんて……なんて間の悪い……絶対に、この子はベネディクト様似ね……」

　痛みゆえか低く震える声でディアナがこぼした内容に、ヒルベルトは内心で大いに同意した。メラニーも「後でベネディクト様に文句を言いましょう」と答えてディアナを抱きあげる。

「緊急事態です、ヒルベルト。このまま強行突破して馬車に乗り込みます」

「わかりました。俺が道を開きます！」

　ヒルベルトたちの健闘のおかげで、すでに刺客たちは五人まで数を減らしていた。馬を傷つけられる前にと、ヒルベルトは立ちふさがる敵へ向けて切り込んだ。

　馬車への道が開けるなり、ディアナを抱えたメラニーが駆けた。ヒルベルトも彼女の後に続きながら、背後に迫る敵と対峙《たいじ》する。

敵と剣を打ちつけ合う視界の端でメラニーが客車に乗り込むのを確認し、自らも御者台へむかおうと敵のみぞおちに剣の柄を押し込んだ。うめいて倒れ込んでくる敵を押しのけ、ヒルベルトは駆け出す。

その背中に、ぞわりといやな気配を感じた。

とっさに後ろへ振り回した剣に、重い金属音を響かせて敵の剣がのしかかる。いつの間に距離を詰めたのか、すぐ背後に敵が迫っていた。

顔を布で隠す男から、ヒルベルトは得体のしれないなにかを感じ、メラニーに一太刀《ひとたち》浴びせた刺客だと気づいた。

「どうして、お前たちがディアナ様を狙う!?」

問うたところで答えなど返ってくるはずもない。

ヒルベルトは剣をはじいたものの、反撃するいとまも与えず男が攻撃を繰り出してくる。激しく、隙《すき》のない剣撃に、ヒルベルトは防戦一方だった。

「ヒルベルト！」

客車から身を乗り出して、メラニーが呼びかけた。いまにも飛び出して加勢しそうな彼女へ、ヒルベルトは「来るな！」と声を張り上げる。

「俺のことはいい！　あんたは、ディアナ様を守ってろ！」

ディアナを狙う刺客は目の前の男だけではない。言ったそばから、三人の刺客が馬車へと迫った。客車から降りたメラニーが、棍棒《こんぼう》で対峙する。

ヒルベルトも男の激しい攻撃に耐えながら、反撃の瞬間を探し続けた。ディアナの護衛となってからも変わらず続いたメラニーのしごきは、男の攻撃にたえるだけの技量を与えていた。

いま優先すべきことは一刻も早いディアナの戦線離脱、および安全確保だ。男を打ち負かす必要も身柄を確保する必要もない。

ただ、この場からディアナを離脱させるだけの隙が作れればいい。

男の剣を受け止めながら、ヒルベルトは時を待つ、待つ、待つ。

「……いまだ！」

男が剣を振り抜いた一瞬の隙を衝《つ》いて、ヒルベルトは剣を突き出した。とっさに男は後ろへ下がったものの、右肩と顔を覆《おお》う布に切っ先がかすった。

顔を隠す布が外れれば、さすがに動揺《どうよう》して攻撃の手が緩《ゆる》むだろう。そう考えていたヒルベルトだが、思惑通りさらけ出された男の顔を見て、凍り付いた。

極限まで見開いたべっ甲色の瞳が見るのは、よく知った顔。

「オー、ベール……」

いまはなき故郷トゥルムからともに逃れてきた乳兄弟《ちきょうだい》にして、ヒルベルトが最も信頼を寄せていた護衛、オーベールだった。

「……は、え？　どう、して……どうしてお前が、こんな、こと……」

目の前の現実が受け止めきれず混乱し、うまく言葉にできないでいるヒルベルトへ、オーベールは表情を変えることなく、剣を突き出した。

ヒルベルトの身体《からだ》を、衝撃が貫く。視線を下げれば、オーベールの剣が自らの脇腹に刺さっていた。自覚した途端、痛みが全身を駆け巡る。

「ヒルベルト!!」

メラニーの悲鳴にも聞こえる呼び声を背中に感じながら、ヒルベルトは立っていられずに膝をつく。脇腹に剣が刺さったまま横向きに倒れ込んだ。

剣が傷口をふさいでいるからか大量出血こそしていないが、じわじわと血が流れていくのを感じた。鐘の音が耳元で鳴っているような痛みの衝撃が全身に走るたび、手足が冷たくなっていく。

は、は、と短い呼吸を繰り返しながら、なんとか視線だけ動かしてオーベールを見れば、なにも読み取れない無表情で見下ろす彼と視線が合った。

「オーベ……」

言葉を紡《つむ》ごうとしても、痛みが走って続かない。

やがてオーベールはヒルベルトから視線を外し、顔を上げた。彼の視線の先を追えば、そこにはふたりに減った刺客《しかく》と戦うメラニーの姿があった。

オーベールはディアナを狙っている。歩き出す彼を見てこのままではディアナが攫《さら》われてしまうと考えたヒルベルトは、投げ出していた指先に触れる小石を握りしめ、気力を振り絞《しぼ》って身を起こした。

「は、やく……行けえぇぇっ！」

怒鳴って、握りしめる小石を投げつけた。振り向くオーベールの顔の横をすり抜け、小石は馬車につながれた馬の尻に当たった。

「ヒヒィィン！」

驚いた馬が前脚を持ち上げていななき、走り出した。もう一頭もつられて駆けはじめ、メラニーが慌てて飛び乗った客車も動き出す。

「ヒルベルト！」

客車から身を乗り出して叫ぶメラニーの声が、見る間に遠ざかっていく。馬車を引く馬はよくよく訓練された軍用馬だ。混乱していたとしても道からそれることはない。

敵のただ中にひとり取り残されたヒルベルトは、木々の向こう側へ馬車が消えていくのを見届けながら、意識を手放した。

ずっと、思っていたんだ。

オーベールは、本当は、あの日あの瞬間――オーレリーが死んだあのとき、王太子に斬《き》りかかりたかったんじゃないかって。

でも、ヒルベルトがいたから。ヒルベルトを守らなければならないから。

彼は、激情を抑え込むしかなかったのではないかって。

ずっとずっと、思っていた。


「あ、目を覚ました？」

夢さえみない暗闇から意識を浮上させたヒルベルトの目に飛び込んできたのは、いつもの穏やかな笑みを浮かべるオーベールだった。

わけもわからず昔なじみの顔を見てほっとしたのもつかの間、先ほどまで行われていた戦闘を思い出し、飛び起きる。

「いいっ――――！」

が、腹から全身へ衝撃が走り、ヒルベルトはなすすべもなく倒れた。背中を柔らかな感触が受け止めたため、改めてあたりを見れば、質素な狭い一室のベッドの上だった。

カーテンが掛かっていないのに部屋の中は暗く、ベッド脇のテーブルに置いてある燭台《しょくだい》が部屋を橙《だいだい》に染めている。すでに陽は暮れているようだ。

「まだまだ動かない方がいいよ。いくら影響が少ない場所を狙って刺したとはいえ、剣が貫通したのは本当だから」

「狙って、刺した？　なにを、言って……」

「だって、ああでもしないとヒルベルトはおとなしくならなかったでしょう？　安心してよ、ちゃんと傷も縫合《ほうごう》してある。場所にも気をつけたから、後遺症も残らないはずだよ」

使い方を忘れたかのように重たい腕をなんとか動かして、自らの腹に触れた。包帯の感触に行き当たって、オーベールの言葉が本当だと知る。

これはいったい、どういうことなのか。ディアナを手に入れるために、邪魔をするヒルベルトを排除《はいじょ》しようと剣を突き立てたのではなかったか。

しかし、いまの言い方だと、オーベールの目的はヒルベルトの捕縛《ほばく》だったということになる。

困惑するヒルベルトの顔を見下ろして、オーベールは首を縦に振った。

「そうだよ。俺たちの目的は、ヒルベルトとあの女性——リディアーヌ前王太子妃殿下だ。いまはディアナと名乗っているみたいだけど」

ヒルベルトの全身から血の気がひいた。

なぜ、ディアナの正体を、十年前ヴォワールで起きた政変で命を落としたとされるヴォワール前王太子妃だと知っているのか。

目を見開き、呼吸さえ忘れて食い入るように見つめるヒルベルトへ、オーベールはどこか残《ざん》酷《こく》に笑った。

「俺ね、王太子妃だった頃のあの人と会ったことがあるんだよ。国王陛下の護衛として、一度だけ、ヴォワールへ入ったことがあるんだ」

記憶をさらったヒルベルトは、オーベールの言ったとおりだと思い出す。父がヴォワールへむかうことになったとき、見栄えのいい騎士を連れて行くべきだと周りが言って、オーベールが同行する流れとなったのだ。

当時はまだ政変が起こる前だったから、前王太子妃だったディアナと顔を合わせる瞬間があっても不思議ではない。

「最初に見かけたときは、まさかと思った。確信したのは、あの侍女《じじょ》よりも棒術に長《た》けていると知ったとき。リディアーヌ前王太子妃はね、最強の棒術使いとして有名だったんだよ」

ディアナの正体がばれたのは自分のせいだった。新たな事実を知って、ヒルベルトは衝撃のあまり目の前が真っ暗になった。

まさか、何気なく口にした内容から、ディアナの正体へ行き着いてしまうなんて。

自分のうかつさを呪いながら、同時に思う。

オーベールに限って、ヒルベルトから知り得た情報を悪用するなんて、想像すらできなかった。

「な、んで……俺たちを捕まえて、どうするつもりだ」

「いまからね、ヴォワールへ攻撃を仕掛けるんだよ。生き残ったトゥルム最後の王族が、国を取り戻すために立ちあがるんだ。本当は、リディアーヌ前王太子妃殿下も引き連れて、簒奪者《さんだつしゃ》から国を取り戻すとかなんとか、もっと派手に騒ぐつもりだったんだけど」

国を相手に攻撃を仕掛けるなんて。どれだけの仲間をそろえたのかわからないが、そうそううまくいくことではない。当惑しかないヒルベルトだったが、オーベールが鈍色《にびいろ》の甲冑《かっちゅう》を着込んでいることに気づき、悟った。

「ヴォワールとアレサンドリで、戦《いくさ》を起こすつもり、か……!?」

「そう。ヴォワールはずっとアレサンドリを狙っている。アレサンドリの騎士が国境付近で騒動を起こせば、しかもそれがトゥルムの生き残りによる報復だと知ったら、嬉々として攻め入ってくるんじゃないかな」

アレサンドリから武器を密輸したいまなら、攻め入ってきても不思議ではない。そう考えて、ヒルベルトはある可能性に気づいた。

「まさか……武器の密売も、お前、が?」

「そうだよ。俺が仕組んだ。アルメ地区は素晴らしい場所だよね。必要な人材も繋《つな》がりも全部そろえることができる。でも、思ったよりも早く密売がばれてしまったのは残念だったかな。さすが大国というべきか、第二王子といえど切れ者だね」

まるですべてお膳《ぜん》立てされているみたい――そう感じて当然だ。オーベールはヒルベルトから聞き出した情報を元に、手を打っていたのだから。

「どうし、て……復讐《ふくしゅう》は、しないって……」

「復讐？」と、オーベールは表情を険しくさせる。

「復讐したところでオーレリーは還《かえ》らない。無意味だよ。俺はね、見たいんだ。オーレリーを殺した、ヴォワール王の欲深さが行き着く先を。ヴォワール王が、自ら破滅していく様を」

「オーベール……」

憤怒《ふんぬ》の表情で語るオーベールから、底知れない憎悪を感じ取って、ヒルベルトはめまいがしてきた。

これほどまでの憎悪を胸に秘めていたなんて。驚くと同時に、当然だと思う自分もいた。

ヒルベルトの妹であるオーレリーは、オーベールの恋人でもあった。ヒルベルトも両親も公認の仲で、見ている方が恥ずかしく感じるほど仲睦《なかむつ》まじかったふたりは、時期が来たら結婚するだろうと思っていた。

けれどすべて、壊れた。

ヴォワールの侵略のせいで。

オーベールの目の前でオーレリーが自ら命を絶つ、という最悪の結末で。

「ねぇ、ヒルベルト。安心していい。君ひとりを敵地になんて送らないから。言ったでしょう。ヴォワールと戦うときは、俺も一緒だって」

それはいつかの、酒の席での言葉。いつかヴォワールとアレサンドリが戦《いくさ》をするだろう。そう言ったのはヒルベルトだった。けれど、こんな形で戦を起こすつもりなんて、なかった。

だけど――

「俺が君を守るから。身体が動く限り戦い続けて、ヴォワールを破滅へ導くんだ」

暗く笑う彼を見て、いやでも理解してしまう。

オーベールはもう、戻れない。立ち止まれない。破滅に行き着くまで走り抜けるしかない。

強すぎる憎悪に呑み込まれて、それしか残っていないのだ。

オーベールがヴォワールを憎んでいることはわかっていたのに。復讐はしない、その言葉を単純に信じて、手をさしのべなかった。

袂《たもと》を分かったのだと思っていたが、違う。ヒルベルトもオーベールも同じ場所を目指していた。ただ、ヒルベルトよりずっと前を歩いていたのだ。

自分のことに精一杯だったヒルベルトはその事実に気付きもしないで、ティファンヌの一件を経てひとり勝手に気持ちに折り合いをつけてしまった。

先を歩くオーベールを放って、道からそれてしまったのはヒルベルトの方だ。

「作戦決行までまだ時間があるから、いまはゆっくり身体を癒《いや》して。大丈夫、ヒルベルトは俺たちの後ろで座っていればいいから。手当てしてあるといっても、その怪我《けが》じゃあ、満足に動けないでしょう。いてくれるだけでいい。それだけで、俺は戦える」

どこか恍惚《こうこつ》とした表情で、幸せそうな声音《こわね》で語るオーベールを、ヒルベルトには否定できない。

なにも言えないまま、真っ暗な闇へと意識が沈んでいった。

次に意識が浮上したとき、部屋の中は真っ暗だった。燭台の火が消え、窓から差し込む月明かりが部屋の中をかすかに照らしている。

どれだけ気を失っていたのかわからないが、おかげで混乱していた頭がいくらかすっきりした。いまなら、オーベールが語った事実を冷静に受け止めることができる。

オーベールは、アレサンドリの騎士になりすました自分たちがヴォワールへ攻め入ることで、両国の間に戦を起こしたいのだ。ヴォワールは身の程知らずにもアレサンドリを手に入れたいと思っている。口実を与えれば喜んで動くだろう。

そしてヒルベルトは、自分たちがヴォワールへ攻め入るための口実か。いや、もしかしたら旗印といった方がいいのかもしれない。ヴォワールによって無残にも踏みにじられた国の生き残りたちが、彼の国へ報復する、象徴。

ヴォワール王や王太子はプライドが異常に高いとも聞いているから、自分が滅ぼした国の王族をアレサンドリがかくまっていたと知れば、さぞ腹を立てることだろう。とても有効な挑発だ。

さすがオーベールと言うべきか、無謀《むぼう》なようで、しっかりとした作戦だ。自分の命をこれっぽっちも考慮《こうりょ》していないからこそ、成立する作戦ではあるけれど。

だがひとつ、見落としがある。

ヒルベルトだ。

ひとり部屋に取り残されていたことからも、ヒルベルトが抵抗しないとたかをくっている。もしかしたら、協力してくれると思っているのではいか。

ティファンヌが輿入《こしい》れする前の自分であれば、協力したかもしれない。いや、自分から望んで動いていただろう。

でも、いまは違う。ヒルベルトはもう、新しい世界に目を向けるようになった。

優しいこの国を守ると決めていた。だから、いま自分にできることをしよう。

ゆっくり身体の向きを変えて、両手をついて身を起こしていく。覚悟の上で慎重に動いたが、縫合《ほうごう》した傷から痛みが全身に響き、うめき声が漏《も》れた。それでも、力を緩《ゆる》めることなく最後まで起き上がった。

ベッドの上で座ったまま、ヒルベルトは荒れてしまった息を整えた。起き上がるだけでこれでは、先が思いやられる。だが、あきらめるわけにはいかない。

呼吸を整える間も部屋を見渡し、なにかいい手立てはないかと考える。

いま一番にやるべきことは、ヒルベルトの居場所を知らせることだ。きっと、メラニーから報告を受けたエミディオたちが自分を探しているだろう。

オーベールの目的をどこまでつかんでいるかわからないが、ディアナを狙い、ヒルベルトを攫《さら》っていったことでヴォワールに関係していることは気づいているはず。

自分がどこにいるのか把握《はあく》できていないが、目的からして国境へとむかっているのは間違いない。エミディオが国境付近に騎士を派遣してくれることを、切に願った。

意識を失う前と同様、部屋の中にはベッドに簡易テーブルと椅子《いす》、燭台があるだけだった。板を張り付けただけの壁や床から、それほど大きくない木製の家だと憶測する。

唯一の出入り口である扉は閉まっており、状況から考えて見張りが立っているはずだ。そうでなくとも扉の向こうがどこに繋《つな》がっているかわからない。廊下《ろうか》ならいいが、仲間たちがくつろぐ居間とかだったら最悪だ。扉からの移動はあきらめるべきだろう。

他に部屋を出る方法はないかと考えて、月明かりが射す窓を見た。ベッドから見える景色から、一階だと思われる。

もっと外の様子を確認するためにも、窓に近づこうと決めたヒルベルトは、痛みをこらえて立ちあがった。歩き始めたものの、左足に体重を乗せると脇腹の傷から全身へ激痛が駆け巡る。

「後遺症が、残らないって……本当、かよ。マジで痛い……」

壁に寄りかかりながら、涙目でつぶやく。左足を踏み出すたびに傷に響くので、壁に上半身をすりつけ、あまり左足に体重をかけないようにしてなんとか歩を進めた。

這々《ほうぼう》の体《てい》で窓までたどり着き、外の様子を見た。予想通りここは一階で、あたりは木々に囲まれていた。森か、山だろうか。小屋の規模もそれほど大きくないようだ。いわゆる、山小屋といったところか。

玄関前と思われる広場に、たき火が燃えていた。ふたりの男が火の番をしている。見張りもかねているのだろう。

木々ばかりでここがどこか特定する手がかりすら見つけられなかった。せめて、自分がここにいるとエミディオたちに伝えられたらいいのに。もしも精霊を視認できたなら、彼らに対価を払って自分の居場所を知らせられたのに。

そこまで考えて、ふと、思い出した。ズボンのポケットに手を突っ込んで、出てきた拳《こぶし》を開いてみれば、小さな紙の包みがみっつ。

これは、つい先日ルイスからもらった、光の精霊の力を借りるまじないだった。彼は言っていた。火に放り込むと強い光を発して危険だと。だが、いまはそれが好都合だった。

ヒルベルトは窓の外を見る。玄関前のたき火。あれにこの包みを放り込めば、居場所を知らせられるかもしれない。

失敗する可能性も十分ある。エミディオたちがオーベールの動きをどこまで摑《つか》んでいるかわからないこの状況で、光を発生させられたとしても捜索隊に気づいてもらえる保証はない。

だが、やらないという選択肢《し》はなかった。

窓を開けたヒルベルトは、腰の高さしかない窓枠に覆《おお》い被《かぶ》さり、そのままずるずると外へ転がり落ちた。衝撃をなるべく殺そうと努力したものの、しっかり響いてしばらく倒れたまま動けなかった。

乱れた息を整えて、ある程度痛みが引いたところでヒルベルトは移動を再開した。縫合《ほうごう》した部分が引きつるような痛みを感じ、前屈みになってなるべく左足に体重をかけないように歩いて行く。痛みになれてきたのか、だんだん熱く感じるようになってきた。もしかしたら傷口が開いたのかもしれないと頭をよぎったが、いまは無視する。

まともに歩くことすら不可能な状況だが、気配を消すことは忘れていなかった。日々ティファンヌとともに城内を徘徊《はいかい》し、のぞき見していただけあり、気配を消すことには慣れている。

呼吸の回数をなるべく減らし、神経を研《と》ぎ澄ませて肌に触れる空気の動きを読み、あたりの気配を探る。視線にこもる熱を感じて、見張りたちの目線の先を読み、身を隠す。

ティファンヌの護衛で培《つちか》った技術をすべて使い、ヒルベルトはたき火の近くまでやってきた。木々の影に隠れながら、ふたりの見張りをどうやってたき火から離れさせるかを考える。

「大変だ！　捕虜《ほりょ》が逃げたぞ！」

背後から大声が響いてきた。せっかくここまで来たというのに、脱出がばれてしまったようだ。慌ててその場にうずくまり、身を隠す。

「あの傷では遠くへは行けないはずだ。探せ！　探すんだ！」

声を合図に、玄関から鈍色《にびいろ》の甲冑《かっちゅう》を纏《まと》う男たちが飛び出し、ちりぢりに木々の影へ消えていった。ざっとしか見れなかったが、ヒルベルトと一緒に騎士になった仲間の姿はなかった。もしかしたら、ヴォワールに滅ぼされたトゥルム以外の国の生き残りかもしれない。

このままでは見つかるのも時間の問題だと焦りを覚えたそのとき、たき火で見張りをしていた男ふたりも立ちあがった。もしや、と期待と焦燥《しょうそう》を胸に様子を見れば、彼らもそれぞれ木々の向こうへ消えていく。

いましかない——そう判断したヒルベルトは、うずくまっていた身体《からだ》を起こして木々の影からたき火が燃える広場へと躍り出た。前屈みで左足を引きずりながら、片手をズボンのポケットに突っ込む。指に触れた紙の感触を握りしめ、ポケットから引き出した。

「ヒルベルト！」

届いた声に振り向けば、玄関に立つオーベールと目が合った。必死の形相《ぎょうそう》の彼を見て、ヒルベルトは胸が苦しくなって、不格好に笑った。

「オーベール、ごめん」

こらえきれなかった想いを口にして、ヒルベルトは握りしめていた紙の包みをたき火の中へ投げつけた——瞬間、阻止《そし》しようとオーベールが横から体当たりした。

なすすべもなく倒れるヒルベルトが聞いたのは、耳をつんざくような爆音と、自分たちを吹き飛ばすほどの突風。

　地面に転がった衝撃で一時的に呼吸が止まり、あえぎ苦しみながら見上げた先には、夜空に咲く光の花が見えた。昼が来たのかと勘違いしてしまうほど明るく、大きい花がみっつ。見事に咲き誇っていた。

　ヒルベルトと同じように空を見上げていたオーベールは、自分たちの居場所が追っ手にバレたと悟ったのだろう。歯を食いしばって憤怒《ふんぬ》の表情を浮かべ、倒れたままのヒルベルトの胸ぐらをつかんだ。

「どうして、ヒルベルト！　どうして俺の邪魔をする！」

　よりによってどうしてヒルベルトが計画を邪魔するのか――そんな言葉が聞こえた気がして、ヒルベルトは「ごめん」と繰り返した。

　憎しみに折り合いをつけても、ヴォワールに対する恨みが消えたわけじゃない。妹が死んだ瞬間はヒルベルトの心に鮮明に焼き付き、思い出すたびに、ヴォワールの人間を苦しめてやりたいとそればかり考えてしまう。

「でも……復讐したところで、もう、オーレリーは、死んだ人間は還《かえ》らないんだ」

「そうだよ、オーレリーはもう還ってこない！　だから――」

「だけど！」と、ヒルベルトはオーベールの言葉を遮《さえぎ》る。

「いま、生きている人は……アレサンドリで生きる人々は、守ることができる。この優しい世界を、ヴォワールに傷つけさせはしない！」

壮烈《そうれつ》な決意でもってオーベールをにらみ返した。

ここまではっきりと拒絶されるとは思っていなかったのか、オーベールは目を見開いたまま胸ぐらをつかむ手を激しく震わせ、やがて力なくわらいだした。

「……は、ははは。そっか、ヒルベルトはもう、新しい世界を手に入れてしまったんだね」

ケラケラと笑う姿が、ヒルベルトには心が折れた危うい姿に見えて、声をかけようとした。しかし、聞きたくないとばかりに胸ぐらをつかむ手をのど元に押しつけられた。

息が詰まり、ヒルベルトはうめき声を上げる。

「知ってたよ。だって、オーレリーの墓前でいっていたものね。ヴォワールからアレサンドリを守ることが、自分の復讐だって」

「オ……べ、ル……」

「大丈夫だよ、ヒルベルト。俺は君に失望なんてしていない。でも、もう、止められないんだ。だからいまは眠っていて。目が覚めたらきっと、戦場にいるだろうから」

首に掛かる手にさらなる力が掛かり、完全に呼吸が止まってしまう。息苦しさのあまりもがいてもびくともしない。耳元でどくどくと脈打つ音を聞きながら、次第に意識が遠く――

突然、オーベールがヒルベルトの上から退き、空を切る音が聞こえた。

ずっと求めていた酸素を思いきり吸いこんでむせかえり、咳《せき》をするたびに脇腹の傷に響いた。

痛いから咳をしたくないのに止められるはずもなく、今度は痛みのあまり意識が遠のきかける。

「大丈夫かい、ヒルベルト」

黒く点滅する視界の中でかかった声に驚き、ヒルベルトは意識を覚醒《かくせい》させた。だって、この声がここで聞こえるなんて、ありえないから。

軽く頭を振っていまだちらつく闇を振り払い、はっきりとした視界に映ったのは、風になびく白金の長い髪。着るものを選びそうな純白の神官服を纏い、染みひとつない細く美しい手がつかむのは、ひとふりの剣。

「君の献身のおかげで、ディアナは無事に娘を出産したよ。母親に似て、それはそれは愛らしい女の子だ」

ちらりとこちらを覗《のぞ》いた紫水晶の瞳と視線がかち合い、ヒルベルトは叫んだ。

「べ、ベネディクト様!?」

現神国王の弟であり、聖地を守る神官であり、ディアナの夫でもあるベネディクト・ディ・アレサンドリが、ヒルベルトを背に庇《かば》って立っていた。

「ど、ど、どうして、ベネディクト様が……」

「面白い質問をするね。そんなもの、君を助けにきたからに決まっているじゃない」

「た、助……」

「私が来たからには、もう安心していい」

いや、全然安心できないです——というのが、ヒルベルトの本音だった。

なぜなら、ヒルベルトはベネディクトがいかほどの強さを持っているのか、まったくわからないからだ。王族として護身術程度には扱えるだろうが、剣を握っている姿を一度も見たことがない。

これで不安を感じるなという方が無理である。

「あ、あの、ベネディクト様……」

駆けつけてもらっておいてなんだが、自分のことはいいので逃げてください。そう伝えようと思ったのに、それより早くオーベールの仲間が集まってしまった。

敵の数はざっと二十。取り囲まれた状況で、どうやってベネディクトを守ればいいのか必死に考えるが、混乱した頭ではなにもいい考えが浮かばない。それどころか、最悪の未来しか思い浮かばなくて、吐き気すら覚えた。

そんな真っ青な顔のヒルベルトを背に庇うベネディクトは、多数の敵に囲まれたこの状況で、不敵に笑った。

「たまには、思い切り身体を動かすのもいいよね」

つぶやき、一歩踏み出す。背中がふっと霞んだかと思えば、遠巻きに囲う男たちのひとりを斜めに斬《き》っていた。

ヒルベルトはべっ甲に似た瞳を極限まで開き、言葉を失う。

いったいなにが起こったというのか。早すぎる展開に、ヒルベルトどころか、斬られた男も理解できていないようだった。驚愕《きょうがく》の表情のまま、男は膝をついて倒れ込む。

その様子を確認することなく、ベネディクトは一歩を踏み出した。次に見えたのは近くに立つ男の前で、今度は腹を横に斬った後だった。

斬った相手に一瞥《いちべつ》もくれずに、ベネディクトが一歩、また一歩と踏み出すたび、男が倒れていく。ろくな抵抗どころか迫ってくる相手に気づく暇も与えられないまま、次々と再起不能になった。

そしてそれは、トゥルムで一、二を争うと謳《うた》われた剣士であるオーベールであっても同じで、為す術《すべ》もなく斬られてしまった。

倒れた男たちの中心に、ただひとり立つベネディクトが、心を落ち着かせるように息を吐きながら剣を納める。

呆然《ぼうぜん》と見つめるヒルベルトへと顔を向けて、言った。

「じゃあ、私はディアナの元へ戻るから」

「……………えっ、ぇえええっ!?」

ありえない言葉に、ヒルベルトは図らずも二度驚きの声をあげてしまった。

「ちょ、ちょまっ、ベネディクト様!?」

必死の制止も聞かず、さっさと背を向けたベネディクトは木々の影の中へと姿を消していく。

「ベネディクト様――――!?」

悲痛な叫びが、夜空にこだました。

本当にひとり取り残されてしまったヒルベルトは、まわりに転がる男たちを見渡しながら、途方に暮れた。どうやってこの場を治めろというのか、と。

「ヒルベルト！」

背後から知った声がかかり、ヒルベルトは振り返る。いつも隙《すき》なくハーフアップにした赤い髪を振り乱したメラニーが、こちらへ駆けてくる姿が見えた。

全速力で走りながらも転がる男たちを器用に避けて、ヒルベルトのそばまでやってきた彼女は、その場に膝をついた。

「無事ですか!?　怪我《けが》は？　刺された場所は大丈夫なのですか!?」

「大じょ……って、メラニーさん!?」

返事も聞かず、メラニーはヒルベルトのシャツをまくり上げた。腹にまかれた包帯は少し血がにじんでいたものの、縫合《ほうごう》した傷は開いたりしていない。きちんと処置されているのを見て、メラニーは安堵《あんど》の息を吐いた。

「あのぉ……メラニーさん、この状況、ベネディクト様がやったんですが……」

どう説明すればいいのかもわからないまま、とりあえず結果だけを伝えれば、顔を上げた彼女は「知っています」と答えた。

「お姉様の無事の出産を見届けたベネディクト様は、精霊の案内であなたのもとへむかったのです。恩に報いねばならないと言って」

「恩……献身がどうとかって、そういう……」

そして男たちを倒したことで恩を返し終えたと判断し、ベネディクトはさっさとこの場を後にしてしまったということか。

なんというマイペース。

「メラニーさんは、ベネディクト様があんなに強いって、知っていたんですか？」

「当然です。お姉様の夫となる方ですよ。お姉様を守るだけの技量があるのか確かめるため、手合わせさせてもらいました」

「あぁ……やっぱり手合わせしたんですね。それで、結果は？」

「完膚《かんぷ》なきまでに負けました。瞬殺です」

「瞬殺……」と、ヒルベルトは口元を引きつらせた。

「あの方の強さを目の当《ま》たりにしたいまならわかると思いますが、ベネディクト様は、私どころかお姉様よりも強いです。おそらくですが……あの方と張り合えるのは、コンラード様ぐらいかと」

「コンラード様ですか!?」

コンラードといえば、戦う魔術師、ルビーニ家の守護神などなど、数々の異名をもつ猛者《もさ》だ。

筋肉隆々な身体《からだ》を活《い》かした肉弾戦が得意で、片手で大人数人を軽々と放り投げる強さを持っている。

そのコンラードと互角の強さを持つものが、こんなに近くにいたなんて。

「世の中には、私よりも強い人間がごまんといる……私も、常々そう思います」

いつかの自分の言葉を揶揄《やゆ》しているとわかり、ヒルベルトはとうとう撃沈した。メラニーに勝たんと努力した日々はなんだったのか。

「もうやだ……。ベネディクト様、どうして神官なんてしてるんだよ」

騎士にこそなるべきだろう。

ヒルベルトの当然の疑問に、メラニーがため息交じりに答えた。

「人を傷つけるのは嫌いなんだそうですよ。あの方は模造剣を愛用しています。今回も、誰も傷ついていないはずです」

言われてみれば、倒れている男たちは誰も血を流していなかった。オーベールも無傷なのだとわかり、ヒルベルトは内心ほっとした。

ふいに、木々の向こうから騒がしい声が聞こえてきた。次いで飛び出してきたのは、ヒルベルトの同僚騎士——光の巫女付き近衛《このえ》騎士隊の面々だった。

「ベネディクト様が制圧しました。男たちの捕縛《ほばく》をお願いします」

無事な姿のヒルベルトを見て胸を撫《な》で下ろしていた彼らは、メラニーの指示を受けるなり表情を引き締め、倒れたままの男たちを拘束《こうそく》し始めた。

「えと、メラニーさんは、ベネディクト様を追いかけて？」

「いえ。私は彼らと一緒にあなたを探しておりました。その最中、ベネディクト様を見つけて話を伺《うかが》い、同行しようとしたのですが……ついて行けませんでした」

「メラニーさんが追いつけないって……」

ヒルベルトがよく見失うティファンヌに、ただひとり食い下がれるメラニーが、追いつけないなんて。ベネディクトはどんな超人なのだろう。

「ここへ駆けつけたのは、巫女様の奇跡に似た光を見たからです。あれは、あなたが放ったものですね」

ヒルベルトはうなずいた。

「ルイス様に以前いただいたまじないを使いました。役に立ったみたいで、よかったです」

「そうですね……いろいろと言いたいことはありますが、いまはとりあえず、よく頑張りました」

メラニーは立ち上がり、ヒルベルトへと手を差しだした。

「城へ戻りましょう。王太子殿下やレアンドロ様が心配しておいでです。立てますか？」

「まぁ、なんとか」と答えてメラニーの手をとり、ヒルベルトは立ちあがる。が、脇腹の傷が痛んでふらついたところを支えられた。

「無理をしないでください。歩くのが難しいなら、騎士におぶってもらいましょう」

「すみません」と苦笑したヒルベルトは、誰か手の空いた騎士はいないだろうかとあたりを見渡して、気づく。

縄で拘束され、一所に集められた男たちの中に、オーベールの姿がないことに。

「そ、んな……オーベール!?」

ヒルベルトは急いであたりを確認するが、どこにもオーベールの姿はない。縛《しば》った男たちを騎士たちが肩に担《かつ》いで運んでいたため、すでに運ばれた後である可能性もあるが、いやな予感が胸をよぎって離れない。

必死にオーベールの姿を探すヒルベルトの視界に、ふと、光の瞬きが映った。視線を合わせれば、手のひらサイズの丸い光がひとつ、宙に浮いている。

「光の、精霊？」

こんな月が輝く夜に、光の精霊がいるなんてありえない。太陽の光を好む彼らは、陽が沈むと眠りに落ちてしまう。朝が来るまで起きることはないはずだ。

光の粒は、誘うように大きく揺れると、木々の中へと飛んでいった。慌てて追いかけようとするヒルベルトを、メラニーがしがみついて押しとどめる。

「メラニーさん！」

「だめです。ヒルベルト、あなたはいまひとりで歩くことすらままならない大怪我をしているのですよ！　騎士に追わせればいいでしょう」

「だめです！　俺が追わないと、だめなんです！」

　どうしてそう思うのかわからない。でも、感じるのだ。いま追いかけなければ、絶対に後悔《こうかい》すると。

「傷が開いたら……」

「開いたっていい！　追わせてください」

　譲《ゆず》るつもりはないと、ヒルベルトはメラニーをにらみつける。

　メラニーは目を見開き、信じられないとばかりに眉《まゆ》をひそめたが、ため息とともに頭を振った。

「……わかりました。私も一緒に行きます」

「え」と驚くヒルベルトの左腕をつかみ、自らの肩に担いで身体を密着させた。

「ひとりで満足に歩けないくせに、どうやって追うのですか。私があなたを支えます」

　肩越しにヒルベルトを見上げて、メラニーは言った。

　突然の行動に驚き、呆《ほう》けていたヒルベルトだったが、すぐに我に返って唇をひき結ぶ。

「……ありがとうございます」

　ヒルベルトが礼を言うと、メラニーはうなずいた。そしてふたりはどちらからともなく前を向き、遠く離れてもはっきりと目に映る光の粒を追いかけ始めたのだった。

メラニーに支えられながら、ヒルベルトは木々が作り出す闇の中を歩く。光の粒は月明かりすら届かない闇の中でもはっきり光り、誘うように一定の距離を保って飛び続けた。

しかし突然、光の粒が闇にとけて消えた。

ここまで来て、なぜ――と焦ったヒルベルトだったが、光が消えた場所から少し奥。他よりひとまわり太い幹をもつ木の根元に、こちらに背を向けて座り込むオーベールの姿を見つけた。

相変わらず月明かりの届かない暗い木々の下だというのに、どうしてだか、オーベールの背中が暗闇に溶けず浮き上がっている。

その背中が、短剣を握りしめた手を振り上げたのを見た瞬間、ヒルベルトはメラニーを置いて駆けだした。

脇腹の傷の痛みなど気にならない。時の流れがゆがんだかのように、目に映るものすべてがゆっくりと動く世界で、ヒルベルトは、短剣を振り上げるオーベールの右腕へ向け、手を伸ばした。

振り下ろさんとする右腕にしがみついたヒルベルトは、勢いを殺せずそのままオーベールの背中に激突する形で覆《おお》い被《かぶ》さった。ふいを衝《つ》かれたオーベールは抵抗もできずにうつぶせに倒れる。追いついたメラニーが彼の手から短剣を奪い取り、木々の向こう側へと放り投げた。

短剣が闇の中へ溶け込んでいくのを見たオーベールは、「どうして！」と叫んで覆い被さるヒルベルトを押しのけた。されるがままに地面を転がったヒルベルトの腹にまたがり、胸ぐらをつかむ。

「どうして、邪魔をする！　死なせてくれよ！　なにもできないなら、せめて……せめてオーレリーのところへ行かせてくれ！　こんな世界、生きていたって――」

「頼むから！」

オーベールの慟哭《どうこく》を、ヒルベルトは遮《さえぎ》る。不思議な強さを秘めた声に、オーベールは言葉を切ったものの、ヒルベルトをいぶかしげににらんだ。

そんな彼を一心に見つめて、ヒルベルトは言った。

「頼むから……お前まで、死なないでくれ」

オーベールは目を見開いた。

この言葉は、十年前、彼自身が、ヒルベルトに言った言葉だった。

「頼むよ、オーベール。もう、もうっ、ヴォワールのせいで大切な人が死んでいくのは、見たくないんだ！　お願いだから、俺のことを恨んでもいいから……死なないでくれ。生きてくれ！」

中心に向けて深みを増していくべっ甲色の瞳に涙を溜めて、ヒルベルトは懇願《こんがん》する。

オーベールは息を乱し、胸ぐらをつかんでいた両手を外すと、見開いたままの瞳から、大粒の涙をこぼした。

「あ……あ、あぁぁっ！」

言葉にならない想いを叫んで、オーベールは両手で顔を覆い、泣き叫んだ。

はらはらと、雨粒のように降り注ぐ涙を胸に受け止めながら、ヒルベルトは、世界が暗く霞んでいくことに気づいた。

「ヒルベルト!?」

メラニーの焦った声が聞こえたが、答えるだけの力がなかった。自分の名前を呼ぶ彼女の声が遠ざかっていく。底なし沼にはまり込んだように沈んでいく意識の中で、最後まで感じ取れたのは、脇腹に広がる熱だった。

快晴の空の下、王城正門を見下ろせるバルコニーに立つエミディオは、眼下の噴水広場に待機する数台の馬車を見つめていた。

どれも真っ黒い箱形の客車で、窓には鉄格子《てつごうし》がはめてある。王城に停まるには物々しいそれは、罪人を運ぶための馬車だった。

二十人ほどの男たちが、分かれて乗せられていく。彼らは、ヴォワールとの戦争を引き起こそうとして捕まった者たちだった。

その様子を黙って見つめるエミディオの斜め後ろには、レアンドロが控えていた。

今回の事件の主犯はトゥルム出身だったが、他の仲間にトゥルム出身者はいなかった。捕まった男たちは皆、ヴォワールによって祖国を滅ぼされ、命からがらアレサンドリへ逃げ延びたものたちだった。

祖国がバラバラだった彼らは、ヴォワールの滅亡という目標のためだけに一致団結し、自分の命も顧《かえり》みない無謀《むぼう》な、だからこそ効果的な計画を立てた。そんな彼らは、亡国の王子であるヒルベルトや謀反《むほん》によって落ち延びた王太子妃のディアナを、自分たちの正当性を強める象徴として、またヴォワールを挑発する餌《えさ》として、欲した。

彼らが行おうとしていたことは重大で、本来であれば全員極刑となるべきだった。だが、難民として流れついた彼らに永住権を与えたのはアレサンドリだ。当然、彼らの存在を国はきちんと把握《はあく》していた。もしかしたら、今回のような事態を招くかもしれない、その可能性も危険性も理解した上で、彼らを新しい国民として受け入れたのはアレサンドリだ。

ゆえに、今回、彼らは極刑を免れることになった。代わりに、石炭の採掘場で強制労働を課せられている。

今日は、罪人たちが採掘場へ送られる日だった。

「皮肉なものだな」とずっと黙っていたエミディオが口を開く。

「例えばもし、彼らがヒルベルトやディアナさんを必要としなければ……我々が今回の計画を止めることはできなかったのではないか」

主犯の男にもそれはわかっていたことだろう。それでも、彼はヒルベルトを欲した。

「……そうですね。自らの命を賭《と》して事を成そうというとき、やはり人というものは、心の拠り所を必要とするのかもしれません」

答えるレアンドロの視線の先には、最後に乗り込む男の背中。

今回の事件の主犯は、ヒルベルトの乳兄弟《ちきょうだい》だったと聞いている。

「ヒルベルトも、見送りたかったでしょうね」

「そうだな。あいつが一番、ここにいたかったろう。本当に、残念だ」

馬車の隊列が門を通り過ぎ、門扉《もんぴ》が閉まるまで。

エミディオとレアンドロは、沈黙のまま見送ったのだった。

湯気のたつパン粥《がゆ》をスプーンですくったメラニーが、息を何度も吹きかけて熱を冷ます。湯気が立たなくなったのを確認してから、言った。

「はい、あーん」

ご丁寧《ていねい》に、口元へスプーンを差しだしてくる。が、差しだされた相手——ヒルベルトは、口を開くどころか顔をそむけた。

「……あの、毎回毎回食事のたびに言っているんですけど、怪我《けが》をしているのは脇腹なんで、手は自由に使えるんですよ！　食事の補助なんて必要ありません」

「はい、あーん」

「だから、自分で食べられるって……」

「あーん」

「………………ぐっ……、あーん」

メラニーの無言の圧力に屈して、ヒルベルトは素直に口を開いたのだった。

放り込まれたパン粥を味わい、飲み込む。すると次のひとさじが口元へ運ばれた。ヒルベルトはしばし悩んだものの、結局促されるまま口を開いて受け入れた。

「……これって、いつになったら終わるんですかね。正直、恥ずかしいんですけど」

ずいぶん前にティファンヌにやられたことがあったが、あのときはわざとらしいくらいに媚《こ》びた感じで行ってきたため、こちらもそれなりに強く対応できた。しかし、今回のメラニーはいつもの無表情で、それでいて有能な侍女《じじょ》らしく細やかな気遣いでもって行ってくれるため、なんだかとてもいたたまれない気持ちになった。

「もっと恥ずかしがればいいんです。これは罰なんですから」

「罰!?　俺、こんな地味な嫌がらせをねちねちとされるようなことしましたか!?」

驚くヒルベルトへ、メラニーは「しました」と即答し、最後のパン粥を口元へ差しだす。

「あなたは私に言いましたね。もっと自分を大事にしろ。俺を頼れ、と。その言葉、そっくりそのままお返しします」

スプーンを口に含んで、ヒルベルトはばつが悪そうに視線をそらした。

今でこそ元気にわめいているが、オーベールの自殺を止めた後、無理がたたって傷口が開いてしまったヒルベルトは、そのまま丸一日生死の境をさまようことになった。

「自分を守るために、たくさんの人の命を犠牲《ぎせい》にしたから、これ以上誰も犠牲にしたくない。そう思う気持ちは理解できます。でも、そのためにあなたの命をないがしろにしては、意味がないでしょう」

おっしゃる通り過ぎて、ヒルベルトは「すみません」とうなだれる。うつむくチョコレート色の髪に、メラニーは手を載せた。

はっと顔を上げたヒルベルトの髪を、メラニーは相変わらずの無表情で撫《な》でる。

「無事でよかったです。きっと、あの人も喜んでいることでしょう」

メラニーが言うあの人とは、オーベールのことだとすぐにわかった。

「……あいつは、生き残ると思いますか」

今日、オーベールが強制労働に送られることを、ヒルベルトは知っている。極刑こそ免れたが、生き残る可能性が低い採掘場へ送られたことも。

「ずっと、考えてしまうんです。あいつを最後の最後で追い詰めたのは、俺なんじゃないかって」

ふたりで行った墓参りで、もう復讐《ふくしゅう》はしないと言ったから。だからオーベールは、自らが動く覚悟を決めたのではないか。

武器の密売を行っていたのも、ヴォワールの暴走を誘発しようとしていただけで、ヒルベルトの言葉がなければ、あそこまで強硬で直接的な手段に出なかったのではないか。

どうしても、そう考えてしまう。

「死なないでくれ——そう、願いを口にしたけれど。俺は、あいつから最後の安らぎまで奪ってしまったんじゃないかって……考えると、苦しくなります」

知らずうつむいてしまったヒルベルトの頬《ほお》を両手で包み、メラニーは無理矢理顔を上げさせた。

「あの人は、生き残ります。生きて、あなたの元へ還《かえ》るでしょう。だって、あなたはあの人の主なのですから」

少しつり上がったえんじ色の瞳が、真摯《しんし》にヒルベルトを見つめている。

「私たちにとって、主の命令は絶対です。主が涙ながらに願ったのですよ。これを叶えずに、なにをするというのですか」

必死だったとはいえ、メラニーの前で泣いてしまった事実をいまさら自覚したヒルベルトは、恥ずかしさのあまり視線をそらす。

泣いた云々《うんぬん》は余計だが、彼女の言葉はヒルベルトに希望を与えた。

お前まで、死なないでくれ。

あの言葉が、すべてを失ったヒルベルトに前を向かせたように。

オーベールも、過去を振り返るだけでなく、前に目を向けてくれたならいい。

「メラニーさん。ありがとうございます」

ぎこちなく微笑《ほほえ》んで、ヒルベルトは頬を包むメラニーの手に自分の手を重ねて、握りしめた。

離れないように。


四方を山に囲まれた小国、トゥルム。

険しい山のせいでどこの国にも属せず、独立するしかなかったトゥルムは、ヴォワールによって歴史に幕を閉じる。

しかし、アレサンドリとの三度にわたる戦争のあと、ヴォワールが瓦解《がかい》。彼の国によって無理矢理統治されていた国々が独立を宣言した。

そんななか、トゥルムをはじめとした一部の国はアレサンドリの統治、庇護《ひご》を望み、アレサンドリ神国内の都市国家という位置づけとなった。

ヴォワールが侵略した際、トゥルム王家は断絶したと言われている。しかし興味深いことに、復活後のトゥルムの初代国王は、トゥルム王家の特徴であるべっ甲に似た瞳を持っていたという。

また、燃えるような赤毛だったとも記されている。

おまけ　実は裏があった人たちの秘密会議

命に関わる大怪我のせいで長い療養生活を余儀《よぎ》なくされたヒルベルトが、職場復帰してしばらく。

王太子夫妻の私室には、部屋の主であるふたりの他に、近衛《このえ》騎士レアンドロとその妻ティファンヌ、神国王への無事の出産の挨拶《あいさつ》のために訪れていたベネディクト、ディアナ夫妻が揃《そろ》っていた。

部屋の隅では、給仕のメイドがお茶の用意をしている。珍しいことに、メラニーはこの場に居合わせていなかった。

お茶を味わいつつ、お茶菓子のクッキーを一口かじったビオレッタが、悩ましげなため息とともに口火を切った。

「結局、ヒルベルトとメラニーはくっついたのかしら？」

「どうでしょう。復帰したあとのふたりの様子を見る限り、現状維持のままではないでしょうか」

ヒルベルトの動向を把握《はあく》するレアンドロが答えれば、隣に腰掛ける最愛の妻が不満そうに口を尖らせた。

「メラニーが泊まり込みまでしてつきっきりで看病したというのに……なにも進展しないって、ヒルベルトってば、それでも男なのかしら!?」

「そもそもの話なんだけど、あのふたりって、そういう関係になる可能性があるのかい？」

ベネディクトが空気を読まずに水をさせば、すかさず、ティファンヌとビオレッタが両の拳《こぶし》を握って「あります！」と声を揃えた。

「あのふたりをくっつけようと言い出したのは精霊たちなんですよ!?」

「そうですよ。だからこそ私も、王城を訪れてはヒルベルトを置き去りにしているんですから」

「私も精霊の指示通りにメラニーに使いを頼んでいます。ちゃんとふたりが鉢合《はちあ》わせするように仕向けてるんだよね、ネロ！」

話を振られた黒猫――ネロは、ビオレッタの膝の上で丸くなっていた身体《からだ》を伸ばし、「にゃーん」と鳴いた。ビオレッタがそれ見たことかと言わんばかりの顔でうなずいていたため、エミディオたちはネロが肯定したのだと察した。

「最初、巫女《みこ》様からご相談があったとき、私もびっくりしたのです。メラニーは潔癖《けっぺき》といいますか、他人……とくに男性に対して、拒絶感を持っているフシがありましたから」

ティファンヌの説明を聞いて、エミディオが「なるほど」とうなずく。

「確かに、ヒルベルトに対しては気安い態度をとっているな。どちらかというと、遊ばれているという表現がピッタリではあるが」

「それが珍しいことなのですよ、殿下」

と、ディアナが口元に手を添えて優雅に微笑《ほほえ》んだ。

「メラニーの対人認識はとても簡単なのです。主と、自分より強いものと、守るべきもの、そしてその他です。ですが、ヒルベルトはそのどれにも属していませんわ」

「メラニーさんが自分からちょっかいかけるのはヒルベルトだけですものね」

ビオレッタの言葉に、ティファンヌとディアナも「ね〜」と続いた。

「そういうことでしたら……ヒルベルトの方もまんざらではないかもしれません。いっとき、メラニーに勝ちたいと言って猛特訓していましたからね。なにがあったのかは知りませんが、あそこまでムキになるなんて、憎からず思っている証拠でしょう」

「そういえば……無茶ばかりするメラニーをもっと諫《いさ》めてほしいと頼まれたことがあるわ。ヒルベルトも元は守られる立場の人間だったから、主のためなら自分の命を顧《かえり》みないメラニーみたいな人間が放っておけないのでしょうね」

「危なっかしいと思って気にかけるようにしていたら、いつの間にか目が離せなくなったてーきーな!?　うん、ありだ!!」

レアンドロとディアナの話を聞くなり、ティファンヌがぐっと拳を握って魂の叫びを上げた。残念なことに、ツッコミ役のメラニーはここにはいない。

「極めつけは、重傷を負ったヒルベルトの看病がしたいから、しばらくわたくしのそばを離れると言い出したことですわね。あの子が自分からわたくしのそばを離れるなんて、はじめてのことですわ」

「そう、それ！　あのメラニーがお姉さまよりヒルベルトを優先するとは、きっと今回の出来事でそれぞれ気持ちを自覚したのだろうと思っていたのに……なにも変化がないだなんて！」

「せめて少しくらい、甘い空気が流れてもいいものなのに……」

ティファンヌとビオレッタが肩を落としてつぶやく。無理もない。ひとつ屋根の下で短くない時間をふたりきりで過ごしたにもかかわらず、ふたりの関係にはわずかな変化すらなかったのだ。

「……私たちが気づいていないだけで、ふたりの関係に変化が起きているかも」

エミディオのつぶやきに、全員が「え？」とつぶやいて注目する。

「あのふたりの喧嘩《けんか》は、互いを認めあっているからこそのじゃれ合いだと思うんだ。なんというか、直接言葉に表さなくとも通じ合うなにかがあるというか……だからこそ、私たちから見てわかりやすい変化がなくとも、ふたりだけにわかるなにかが生まれていても不思議じゃない」

そこまで告げたエミディオは、顎《あご》に手を添えて首をひねると、「案外……」とつぶやく。

「子供ができたと報告を受けて初めて、ふたりの関係に気づいたりして」

「なるほど。あのふたりならありえそうだねぇ」とベネディクトがゆるく笑う一方で、ビオレッタとティファンヌは「ありえない!!」と殺気立った。

「きちんとお付き合いもしていないのに子供を作るとか……信じられない!!」

「メラニーは伯爵令嬢なのですよ!?　婚約もしていない男性に触れさせるなど、あるはずがないではありませんか！」

憤慨《ふんがい》するふたりに、エミディオは「もしかしたらの話だよ」と弁解したものの、「絶対にありえません！」と完膚《かんぷ》なきまでに否定された。

「とにかく！　これからもふたりが結ばれるよう私達全員が一致団結してがんばりましょう」

「そうです！　メラニーとヒルベルトをくっつけるんです」

ビオレッタとティファンヌが高らかに宣言すれば、「そうね。わたくしも、メラニーにはヒルベルトがぴったりだと思うわ」とディアナがうなずき、ベネディクトも「ディアナがそういうのなら、私に異論はないよ」と答える。

「あんまり周りが囃《はや》し立てると、逆効果にならないだろうか」

「余計なお世話というやつですね」

心配するエミディオとレアンドロだったが、「ヒルベルトとメラニーをくっつけるぞ、お

――――！」と叫んで拳を突き上げるビオレッタたちを見て、妻にひたすら甘いふたりは肩をすくめて笑ったのだった。

この数年後。

エミディオの予想が見事的中し、激震が走ることを、まだ誰も知らない。

おまけ ロイヤル・キス

エミディオとの結婚を目前にして、不安を感じなかったといえば嘘になる。

しかし、結婚式に向けて準備に奔走《ほんそう》する人達を相手に戸惑いを口にするほど無責任にもなれず、不安を吐露するのはもっぱら真夜中のベッドの中で、ネロに聞いてもらっていた。

光の巫女《みこ》という立場だけでももてあましているというのに、王太子妃などという国の顔ともいえる立場を、自分なんかがまっとうできるのか。

不安がるビオレッタに、ネロは決まってこう答えた。

『王太子妃になってもならなくても、これからの長い人生、大なり小なり壁にぶつかるもんだ。でも、お前の周りには困ったときに手をさしのべてくれる人間がたくさんいる。心配ないさ。まぁ……ちょっと、アイツの愛情は重たすぎる気もしないでもないがな』

最後の方はビオレッタから視線をそらし、半笑いでつぶやいた。アイツとは、十中八九エミディオのことだろう。

ビオレッタ自身、エミディオの愛情表現に戸惑うことが多々あったけれど、もしや周りから見てもおかしい次元なのだろうか。

未知の恐怖におののいていると、ネロが『大丈夫だって』と声を強めた。

『立場とか外見とか、人間ってのはいろいろと結婚の条件をつけたがるがな、俺は、相手をどれだけ愛し慈《いつく》しめるかが一番大切なことだと思うんだ。その点、アイツは心配ない。そのままのお前にべた惚《ぼ》れだからな』

「べた惚れっ……」とつぶやいて、ビオレッタは枕に顔を埋めた。鏡を見なくともわかる。顔が真っ赤になっていることだろう。

恥ずかしがるビオレッタを、ネロは決まって『いまさらなに言ってんだよ』と笑った。ビオレッタは顔を上げられないままふて寝して朝を迎えたのだった。

そんな、そわそわと落ち着かない夜をいくつも越えて。


今日、ビオレッタはエミディオと結婚した。


王城の神殿で、各国の首脳陣やアレサンドリ神国の主な貴族たちに見守られながら、誓いを交わし合う。

式を終えた後に通された控え室には、親しい人々が待ってくれていた。

「巫女様、おめでとうございます！　まるで物語のワンシーンみたいで、私、私……」

「殿下、巫女様、ご成婚、おめでとうございます。このような素晴らしい瞬間に夫婦揃《そろ》って立ち会うことができ、大変光栄に思います」

感激のあまり涙混じりとなってしまったティファンヌの肩を、隣に立つレアンドロが落ち着かせるように抱いた。

「ビオレッタ様、おめでとう！　すっごいすっごいきれいだよ。女神様みたい！」

「ビオレッタ、よかった。ずっとずっと、幸せに」

「ううっ、ビオレッタアアあぁぁ～……きれいだぁ～。ぐずっ、うぅ……」

アメリア、ルイスと続いて、大泣きしているのはコンラードだ。決壊した川のように涙を垂れ流す彼に、アメリアが呆《あき》れた顔でハンカチを押しつけている。どちらが年上かわからない光景だった。

「ビオレッタ、王太子妃になっても、お前は私たちの娘だ。なにかあったら頼っておいで」

「君の周りには精霊たちもついている。離れていても、僕たちは繋《つな》がっているから、安心して幸せにおなり」

ベアトリスとエイブラハムが、穏やかに包みむような、それでいて寂しさもわずかににじむまなざしで娘の晴れ姿を見つめた。

両親の変わらぬ愛情を受け止めたビオレッタは、みるみる涙の膜《まく》が張る。目尻にたまった雫《しずく》を、ベアトリスが「こら、化粧《けしょう》が崩れてしまうぞ、我慢だ」と優しくたしなめながらぬぐった。

「巫女様、ルビーニ家の姫君であるあなたを我がアレサンドリ王家に迎え入れられたこと、心より御礼申し上げます。あなたは王家にとっても、私にとっても運命の人でした。あなたがいなければ、エミディオと和解することはできなかったでしょう。そして、ディアナさんと出会うこともなかった。あなたを遣わしてくれた精霊の導きに感謝します」

胸に手を当て、仰々《ぎょうぎょう》しい口上《こうじょう》を述べて頭を下げたのはベネディクトだ。聖地を守る神官として、王家の成り立ちを知る彼からすれば、ビオレッタとエミディオの結婚に対して深い意義を感じずにはいられないのだろう。万感こみ上げ、涙しそうになる彼の背をそっと撫《な》でたのは、妻のディアナだった。

「巫女様、ご結婚おめでとうございます。光の巫女だけでも大役だというのに、王太子妃という重責まで背負うということは、並大抵の苦労ではないでしょう。私は表に立つことはできませんが、そのぶん、あなたを陰より支えたいと思います。あなたは独りではありません。それをどうか、忘れないでください」

ブーケを持つビオレッタの手に自らの手を重ね、ディアナは語りかけた。同じ立場に立ったことのある彼女だからこそ言える言葉は、ビオレッタの胸に重く沈む。だが同時に、同じ風景を見た彼女が背中を支えてくれるのだとわかり、とても頼もしく思った。

「大丈夫ですよ。ビオレッタは、私が全身全霊をかけて幸せにするのだから」

隣に立つエミディオが、ディアナとベネディクトを真正面に捉えて宣言した。確信を持った言い方は、ビオレッタの胸に言いようもない幸福感をもたらし、込み上がる想いに押されるように口を開く。

「わ、私も！　私も、エミディオ様を幸せにします！　ふたりで、幸せになります!!」

勢い余って大声で宣言してしまい、部屋にいる全員の注目を集めてしまった。羞恥《しゅうち》から赤くなるビオレッタの頬《ほお》に、エミディオが指を滑らせる。

「私はもう、十分に幸せですよ、ビオレッタ。あなたと歩く人生に、不安などかけらもありません」

とろけるような甘い笑顔でささやかれ、ビオレッタはまぶしさのあまりブーケで顔を隠した。足下でネロが『そりゃ、全力で捕まえに掛かってきっちり手に入れたんだから、幸せだろうよ』とぼやいたが、幸か不幸か耳まで赤くするビオレッタには聞こえていなかった。

「おふたりとも、いちゃつくのはそれくらいにしてください」

「そうですよ。これからもうひと仕事が残っているんですからね」

自分たちの世界に浸るふたりをたしなめたのは、メラニーとヒルベルトだ。並び立つ彼らの背後には、バルコニーへと続くガラス扉が控えている。

「では、行きましょうか。ビオレッタ」

エミディオが軽く折り曲げた腕を差しだせば、うなずいたビオレッタがその腕に手をかける。

メラニーたちへ準備ができたと合図を送れば、ガラス扉が大きく開いた。

聞こえてくるのは、いくつも重なる歓喜の声。

真っ青に澄んだ空と、まばゆい陽の光が視界に飛び込み、爽《さわ》やかにそよぐ風に花びらが舞っていた。エミディオのエスコートに従って歩を進めれば、バルコニーから見下ろせる前庭には、数え切れないほどたくさんの人がいた。

ひしめき合うという言葉がぴったりなほどたくさん集まった人々は、押し合いへし合いしているというのにひとりとして不満げな顔はしておらず、誰もが満面の笑みで手を振っていた。

「王太子様！　巫女様！　おめでとうございまーす！」

「巫女様、きれ――――！」

「おふたりともー、お幸せにー！」

聞こえてくるのは、祝福の声。

数え切れない人達が、ビオレッタとエミディオの結婚を自分のことのように喜んでくれている。なんて幸せなことだろうとビオレッタは思った。そして、みんなからもらったこの幸福を、少しでも返せる人間になろう。ビオレッタは今日、この瞬間、心に誓う。

「エミディオ様、私を部屋から引きずり出してくれてありがとうございました。外の世界は、こんなにも喜びにあふれていたんですね」

国民へ笑顔で手を振っていたエミディオは、ビオレッタへと振り向き、「そうですね」と柔らかく笑う。

「私こそ、ありがとうビオレッタ。あなたがいてくれるからこそ、私は私らしく前へ進める。私たちを引き合わせてくれた精霊に感謝を」

ビオレッタの頬に手を添え、エミディオの顔が近づいてくる。受け入れるようにビオレッタも目を閉じれば、唇に温もりが触れた。

耳に届くのは、割れんばかりの喜びの声。

『ひきこもり姫と腹黒王子』
ビオレッタ

はじまりの キャラクター デザイン 公開！

『ひきこもり姫と腹黒王子』
エミディオ

「ひきこもり」シリーズ完結記念

サカノ景子・作

四コマまんがを特別収録!

文庫の帯や
購入特典SS
ペーパーに掲載した
まんがを一挙公開!

ひきこもり姫と腹黒王子

vsヒミツの巫女と目の上のたんこぶ

ひきこもり神官と潔癖メイド

王弟殿下は花嫁をお探しです

妄想王女と清廉の騎士

それはナシです、王女様

こじらせシスコンと精霊の花嫁

恋の始まりはくちづけとともに

虚弱王女と口下手な薬師

告白が日課ですが、何か。

変装令嬢と家出騎士

縁談が断れなくてツライです。

ベルトラン家には、恋に生きる自由奔放で美しい姉・イライアと
自分の思いを人前では口に出せない、地味な妹・ロレーナの姉妹がおりました
そんなベルトラン家に政略結婚の話が来てしまったからさぁ大変
真実の愛に生きます。探さないでね♡ by イライア
姉イライアはさっさと置手紙をして出て行ってしまい妹のロレーナは…
政略結婚が嫌だからって駆け落ちするとか
それでもあなた貴族の娘ですかー!?
壺コレクション(絶叫用)に思いを封じる日々…。
自分の気持ちを押し込めて縁談を受けようとするロレーナでしたが…
彼女にもとうとう運命の相手が現れてしまい…!?

ドM侍女と亡国の王子(笑)

不憫で自由な大団円!

亡国の王子で現在は保護された国での護衛騎士を務めるヒルベルト
これでも結構苦労してるんですよ
そんな彼にも大の苦手とする人物がおりました
それは護衛兼侍女のメラニー
彼女は淡々と的確に容赦ないだめ出しをしてきます
ツーン
私よりも弱い人に興味はありません
ぼろっ
そんな隙の無い彼女がある日…
女たらしで有名な男と一緒にいる姿を見てしまったのです
あのメラニーさんに限ってまさか…!?

イラスト・サカノ景子 あとがき

『ひきこもりシリーズ』完結おめでとうございます！

あとがきページではお気に入りのアルセニオスとクロエを描かせて頂きました。真っ直ぐな女騎士に振り回される魔王さまという絶妙カップルが最高です。ひきこもりシリーズの夫婦たちはこれからも笑いと希望に溢れた幸せな人生をおくるのだろうなとあたたかい気持ちにさせてくれます。そんな素敵な物語をありがとうございました。

秋杜先生、担当さまこれからも素敵な物語を生み出していってください。

2018年 サカノ景子

あとがき

こんにちは、秋杜《あきと》フユでございます。この度《たび》は『ドM侍女と亡国の王子（笑） 不憫で自由な大団円！』を手にとっていただき、誠にありがとうございます。

なんと、『ひきこもり』シリーズ十作目にして、完結です！ ちょっと調べてみたらですね、シリーズ一作目の『ひきこもり姫と腹黒王子』が刊行されたのが二〇一五年の八月で、今回の『ドM侍女と亡国の王子（笑）』の刊行が二〇一八年の八月と、きれいにまるっと三年間、書き続けることができました。

これもすべて、こうして手にとってくださる読者様のおかげです。本ができあがるまでにいろんな方が関わるのですが、どれだけ全力を尽くして作り上げたとしても、読者の方々が手にとってくださらなかったら続きが出ないのです。つまり、『ひきこもり』シリーズをここまで長いシリーズにしてくださったのは、間違いなく読者の皆様のおかげです。本当にありがとうございます。

シリーズ八作目である『変装令嬢と家出騎士』の時点できれいに十作で終了というお話をい

ただいておりまして、そのときすでにイグナシオのお話とメラニーとヒルベルトのお話を温めていた私は、どっちを完結に持ってくるのか編集さんと相談しました。

一作目ヒーローのエミディオの弟であるイグナシオで締めてもきれいだな、とも考えましたが、彼の話は題材的に重くなるというか、『ひきこもり』シリーズらしいお祭り感が薄いかなと思いました。

対してヒルベルトのお話は、彼とメラニーという、ある意味このシリーズでの鉄板の組み合わせで、シリーズを通して出演回数が多く、そしてそして、彼らふたりを主役にすればシリーズ初期（一～三作目）のキャラが活躍する機会が多いのでは……となりました。三年も続いたシリーズですから、最後は祭で終わりましょうということで、ヒルベルト編で完結ということに決定しました。

ただ、ヒルベルト編を書く上で問題がありました。ヒロインであるメラニーが救いようのない変態だということです。彼女の心境を文字にしたら、絶対によろしくないなにかに引っかかる！　となるとヒルベルトを主役に持ってくることになるのですが、これまでずっとヒロイン視点だったにもかかわらず、最後の最後でヒーロー視点ってありなのか、と編集さんと相談しました。

結局、メラニーの思考を文字に起こすよりもヒルベルトを主役にするほうが「心に優しい」という結論に至りまして、今作は初の男性視点となっております。

ヒルベルト視点で書いてみて思いました。この話のヒロインはヒルベルトじゃないか、と。

決してヒルベルトが女々《めめ》しいというわけではないのですが、悩んで立ち止まる彼を、颯爽《さっそう》と現れたメラニーが支えて一緒に前へ進むという構図が……メラニー格好良すぎだろ、ヒーローじゃないか、と思ったのです。

この構図は七作目の『イノシシ令嬢と不憫な魔王』にも当てはまります。ではアルセニオス視点で書けば彼はヒロインになるのか？　と思いましたが、手のかかる子供（クロエとデメトリ）の世話を必死にするおかんの図しか浮かびませんでした。

題名に（笑）がついているのは悪ふざけではありません。ヒルベルトに亡国の王子という呼称をつけると、どうしても（笑）がついてくるのです。途中それが取れるシーンもありますけどね。作中での周りからの扱いを見ていると（笑）がついてしまう人です。

初の男性主人公となるヒルベルトですが、一章を書いてみた時点で思ったことは、やっぱりヒルベルトは脇役なんだな、でした。彼の周りに主役級が六人もいらっしゃるので（四作、五作も足せば十一人！）、どうしても霞むんです。ヒルベルト自身が常識人というところもあるかと思いますが。

ですが、三章冒頭を書いているときに気づきました。ヒルベルトひとりでは地味で埋もれるけれど、歴代の主役たちに担《かつ》ぎ上げられる形で主人公になっている、と！

ヒルベルト主人公ならビオレッタやエミディオたちとの絡みが多いだろうと想定していまし

たが、本当に自然に、いままでの登場人物がヒルベルトに絡むんです。そして、彼らがちょっとずつ花をもたせてくれるんです。みんなに背中を押されて、ヒルベルトが主役として前に出てくるというか。それに気づいたとき本当に感動しまして、ヒルベルトを完結に持ってきてよかったと心から思いました。

しかし、ひとつ問題というか注意点があります。『ひきこもり』シリーズの特徴でありウリでもある「どこから読んでも楽しめる！」ということについて、今回は当てはまるけどちょっと当てはまらない……といいますか、本作だけで読んでも楽しめますが、先に一作目から三作目を読んでいただいていると、もっともっと楽しめます。

大事なことなので、もう一度言います！

『ひきこもり姫と腹黒王子』『ひきこもり神官と潔癖メイド』『妄想王女と清廉の騎士』を読んでおくと多分三倍くらい楽しめるかと思います！

最後の最後で申し訳ありません。しかし、最後だからこそいろんな登場人物を絡ませて祭にした結果ですので、後悔《こうかい》はしておりません。

さてさて、せっかくのシリーズ完結ですので、軽く思い出話をさせてください。

おかげさまで十作も続いた『ひきこもり』シリーズですが、もともとの始まりは『雑誌Cobalt』に掲載した短編『ひきこもり姫と腹黒王子』でした。こちらの作品が、ありがたくも好評をいただきまして、大幅加筆修正したのちに文庫化いたしました。

実はですね、短編を書きあげた時点で、雑誌掲載されるかどうか決まっておりませんでした。いわゆるコンペ枠《わく》というのでしょうか。新人作家にチャンスをという試みで、ひとつの枠に対して立候補制で短編を提出し、編集部でどれを載せるか決めるというものだったんです。

これに選ばれていなかったら『ひきこもり』シリーズが生まれなかったんだな、と考えると、先のことって本当にわからないですよね。

掲載されるかもわからなかった短編が文庫化して、それが十冊にも及ぶシリーズになって続けて刊行させていただけたのは、ひとえに読者の皆様のおかげです。読んでくださって、面白かったよと伝えてくださる方がいるから、その物語の続きが生まれるのです。

この『ひきこもり』シリーズは、たくさんの方の手によってここまで成長できました。その中には、もちろん読者の皆様も含まれております。読者の皆様が、ここまでこのシリーズを育ててくださったのです。感謝の気持ちでいっぱいです。

担当様、三年間という長い間このシリーズを支えていただきありがとうございました。あっという間でしたが振り返るといろいろありましたね。嬉しいこともあれば大変なこともあって、でもそれらすべてを笑い話として話せる関係というのは、何ものにも代えがたいなぁと思っています。これからも末永くよろしくお願いします。

イラストを担当してくださいました、サカノ景子《けいこ》様。目も回るお忙しさの中、完結記念としていつもよりたくさんイラストを描き下ろしていただき、ありがとうございました。寄せていただいたあとがきは、もう泣きそうなくらい嬉しかったです。本文とは関係ないオリジナルのふたりを表現するというのは、その方の中にキャラクターたちが生きていないとできないことだと思います。自分が文字に書き起こしたキャラクターが、サカノさんの心の中で生きている。イラストを拝見するたびにそう思っておりました。サカノさんの美しいイラストがなければ、読者の方々が手にとってくださらなかったと本気で思っています。三年という決して短くない間、不器用なひきこもりたちと触れ合ってくださり、ありがとうございました。

そして最後に、この本を手にとってくださいました読者の皆様、心より感謝申し上げます。今作にて『ひきこもり』シリーズは完結となります。最後の最後で男主人公で、しかもずいぶん重いものを背負っている彼でしたが、歴代主人公たちひとりひとりが、彼の幸せを願ってみんなで背中を押すお話となりました。

自分のことにあがくだけで精一杯だった彼らが、誰かの事を思って少しずつできることをやろうとする姿は、作者として感慨《かんがい》深いものでした。こんな経験ができたのも、読んでくださった皆様のおかげです。

ではでは、また別の作品でお目にかかれますことを、心よりお祈り申し上げております。

秋杜フユ

※この作品はフィクションです。実在の人物・団体・事件などにはいっさい関係ありません。

この作品のご感想をお寄せください。

秋杜フユ先生へのお手紙のあて先

〒101—8050東京都千代田区一ツ橋2—5—10
集英社コバルト編集部　気付
秋杜フユ先生

あきと・ふゆ

２月28日生まれ。魚座。Ｏ型。三重県出身、在住。『幻領主の鳥籠』で2013年度ノベル大賞受賞。趣味はドライブ。運転するのもしてもらうのも大好きで、どちらにせよ大声で歌いまくる迷惑な人。カラオケ行きたい。最近コンビニの挽きたてコーヒーにはまり、立ち寄るたびに飲んでいる。

ドＭ侍女と亡国の王子(笑)

不憫で自由な大団円！

COBALT-SERIES

2018年８月10日　第１刷発行

★定価はカバーに表示してあります

著者　秋杜フユ
発行者　北畠輝幸
発行所　株式会社　集英社
〒101－8050
東京都千代田区一ツ橋２―５―10
電話　【編集部】03-3230-6268
【読者係】03-3230-6080
【販売部】03-3230-6393（書店専用）
印刷所　凸版印刷株式会社

ISBN978-4-08-608073-6　C0193

弱いと女王に…!?
最弱最強ヒロイン♥
最強種族「亜種」の国の民は、
脆弱な王女を愛でるのが大好き。
弱い者を女王に据える慣習だが、
なぜか王女は頑なに
王位を拒んで!?
うちの殿下は
見事な脆弱さと
驚きのどんくささを持つ
素晴らしい女性《ひと》です
最弱王女の奮闘
秋杜フユ
イラスト/明咲トウル